THEATRE
经典剧目

恩培多克勒之死
DER TOD DES EMPEDOKLES

〔德〕荷尔德林 著
Friedrich Hölderlin

陈巍 译

图书在版编目（CIP）数据

恩培多克勒之死 /（德）荷尔德林著；陈巍译 .
-- 北京：人民文学出版社，2023
　　（经典剧目）
　　ISBN 978-7-02-017890-2

　　Ⅰ . ①恩… Ⅱ . ①荷… ②陈… Ⅲ . ①诗剧－剧本－
德国－近代 Ⅳ . ① I516.34

　　中国国家版本馆 CIP 数据核字 (2023) 第 043702 号

责任编辑　　李　娜　何炜宏
装帧设计　　李苗苗

出版发行　　人民文学出版社
社　　址　　北京市朝内大街 166 号
邮政编码　　100705

印　　刷　　山东临沂新华印刷物流集团有限责任公司
经　　销　　全国新华书店等

字　　数　　90 千字
开　　本　　889 毫米 ×1194 毫米　1/32
印　　张　　7.125　插页 5
版　　次　　2023 年 4 月北京第 1 版
印　　次　　2023 年 4 月第 1 次印刷

书　　号　　978-7-02-017890-2
定　　价　　59.00 元

如有印装质量问题，请与本社图书销售中心调换。电话：010-65233595

目录

荷尔德林与他的剧作《恩培多克勒之死》　陈　巍　　001

恩培多克勒之死　第一稿　　001
恩培多克勒之死　第二稿　　109
恩培多克勒之死　第二稿：开始部分的誊清稿　　149
恩培多克勒之死　第三稿　　159
悲剧的计划和理论　　187
　法兰克福计划　　189
　恩培多克勒的基础（又名：《论悲剧性》）　　193
　第三稿计划　　205
　第三稿后续设计　　209
恩培多克勒　　213

荷尔德林与他的剧作《恩培多克勒之死》

陈 巍

引 言

弗里德里希·荷尔德林（Friedrich Hölderin，1770—1843）是十八世纪末十九世纪上半叶德国最著名的抒情诗人之一，这位具有哲学气质的诗人在他生活的年代默默无闻，仅有少量作品出版和印行。但是，经过二十世纪上半叶德国哲学家海德格尔等人的再发现、再阐释之后，荷尔德林已经成为誉满全球的世界级经典作家，他的作品被翻译成各种文字，得到广泛阅读与研究，关于他的书籍和研究论文也与日俱增。

荷尔德林流传于世的作品数量尽管无法与他同时代的大文豪歌德（1749—1832）比肩，但也为数不少。据不完全统计，从1846年至2008年间，共有十三种荷尔德林文集在德国出版，篇幅从1846年施瓦布（C. T. Schwab）主编的两卷本文集，到2008年沙特勒（D. E. Sattler）主编的二十卷本《荷尔德林文集》历史评注版，后者包括荷尔德林所有作品、书信和文献以及三卷补充附录，通称法兰克福版。这部文集的编辑出版开始于1975年，到2008年才出齐，持续时间长达三十三年，足见德国学界对荷尔德林文学遗产研究与整理的高度重视。

下面以最著名的拜斯内尔（Friedrich Beissner）主编的从1943年至1985年出版的大斯图加特版《荷尔德林文集》为例，来了解一下荷尔德林作品的内容，这部文集分八卷，若计入分卷，总共十五卷：

第一卷，上卷，1800年前的诗歌：文本；下卷，1800年前的诗歌，异文与注释。第二卷，上卷，1800年后的诗歌：文本；下卷，1800年后的诗歌，异文与注释。第三卷，许佩利翁。第四卷，上卷，恩培多克勒之死，文章：文本和注释；下卷，恩培多克勒之死，文章：遗稿和异文。第五卷：译文。第六卷，上卷，书信：文本；下卷，书信：异文和注释。第七卷，上卷（一），致荷尔德林的书信；上卷（二），1794年至1822年间文献；下卷（一），1822年至1846年间的文献；下卷（二），文献：评论和评价。第八卷，附录，索引。

对比国内翻译出版的荷尔德林文集，只翻译了其中的小部分，许多作品尚未完全译介过来。比如荷尔德林创作的唯一戏剧作品《恩培多克勒之死》。

戏剧在德语文学中被誉为抒情体、叙事体和戏剧体三大文学体裁之中的皇冠，荷尔德林自然也像同时代的其他诗人一样，希望在戏剧创作上有所建树。

1797年，荷尔德林在创作长篇书信体小说《许佩利翁》的同时，就开始准备戏剧作品的创作。1789年，巴黎爆发的法国大革命给当时的德意志诸邦造成了深刻的影响，身在符腾堡公国的荷尔德林对法国革命表现出巨大的同情，这些都可在他给母亲和姐妹的书信以及《1790—1791图宾根颂歌》和小说《许佩利翁》中读到。

正是在这样的历史背景下,古希腊哲学家恩培多克勒的传说让荷尔德林怦然心动。在 1796 年至 1798 年间,荷尔德林写诗讴歌了拿破仑,也通过《恩培多克勒》一诗表达了他对这位古希腊先贤的敬仰之情。与此同时,1797 年至 1800 年之间,荷尔德林开始了《恩培多克勒之死》的创作,他不但制定了缜密的写作计划,还三易其稿,并撰写了相关文章。然而荷尔德林并没有按照原计划完成原定的五幕悲剧创作,只留下三部内容不同的戏剧断片的手稿。荷尔德林去世后,经过《荷尔德林文集》编者及研究者的努力,从其手稿中整理成文,予以刊行。后来这部未完成剧作,被收入各种荷尔德林文集,还多次以单行本的形式刊印,引起了荷尔德林研究者的浓厚兴趣,相关的研究论文和专著也相继出现,同时被翻译成英文、法文、西班牙文等多国文字。查阅德国国家图书馆数据库(2021 年 11 月 21 日),该图书馆共藏有《恩培多克勒之死》相关图书共九十一种,包括德文原版单行本、《荷尔德林文集》收录的剧本、各语种译本和研究专著等。目前可查到的最早单行本是 1925 年美茵河畔奥芬巴赫的恩斯特·恩格尔(Ernst Engel)印刷厂印制的《恩培多克勒之死》,此书含两幅海因里希·霍尔茨(Heinrich Holz)创作的木刻画,但未曾在市面上流通,并早已绝版。印行《恩培多克勒之死》单行本次数最多的当属德国著名的雷克拉姆(Reclam)出版社,该书被收入"德语文学经典"黄皮口袋本丛书,从 1960 年至 1991 年间共印行了八次,2016 年还出版了修订本,足见荷尔德林这本未完成剧本在德语世界的受欢迎程度。

恩培多克勒(Empedokles,希腊文 Ἐμπεδοκλῆς,约公元前 495—约公元前 435),生于意大利以南西西里岛上的阿克拉噶斯(Akragas,今阿格里真托城,Agrigento),他的家庭是当地的名门望族。恩培多克勒是古希腊哲学家、自然科学家、医生、诗人、作家、魔术师,被视为土、气、水、火四大元素理论的创始人,他的名字常常出现在多种西方哲学史中,他认为四大元素的组合和分离产生了两种宇宙力量,他称之为热爱和争斗。这位哲学家的死因不详,但是绝大多数追随者认为,他为了能够让人相信他预言的实现而跳入了埃特纳火山口。荷尔德林最初读到这个传奇故事,被深深地触动,随即决定以此为题创作《恩培多克勒之死》。按照荷尔德林研究者乌佛·赫尔舍(Uvo Hölscher)的观点,热爱与争斗、统一与分离、生与死其实可以理解为世界同时进行的力量,恩培多克勒所谓的宇宙进化论其实就是宇宙学[1]。因而,这部剧作不是简单的历史剧,而是庆祝这位哲学家作为判断失误的伟大智者和新世界的宣告者。

一 国内外翻译和研究

据不完全统计,国外对这部剧作的研究与阐释主要有吉塞拉·瓦格纳(Giesela Wagner)的《荷尔德林与前苏格拉底派的代表人物》(*Hölderin und die Vorsokratiker*,1937)、瓦尔特·克朗茨(Walther Kranz)的《恩培多克勒:古希腊的形象与浪漫主义新创作》(*Empedokles: Antike Gestalt und romantische Neuschöpfung*,1949)、乌佛·赫尔舍的《恩培多克勒与荷尔德林》(*Empedkles und Hölderin*,1965,1980)、尤尔根·索林(Jürgen Söring)的《荷尔德林的恩培多克勒写作项目的辩护、思考的辩证法》(*Die Dialektik der Rechtfertigung*,

---

[1] Uvo Hölscher. Empedkles und Hölderin [M]. Eggingen: Edition Isele, 2001: Vorwort von Gerhard Kurz: 8.

Überlegung zu Hölderins Empedokles-Projekt,1973)、罗宾·B.哈里森(Robin B. Harison)的《荷尔德林与希腊文学》(*Hölderin and Greek Literature*,1973)、克里斯托弗·普里格尼茨(Christoph Prignitz)的《荷尔德林的"恩培多克勒"》(*Hölderlins „Empedokles"*,1985)、特蕾莎·比肯豪尔(Theresia Birkenhauer)的《传奇与诗剧,哲学家之死与荷尔德林的恩培多克勒》(*Legende und Dichtung, Der Tod es Philosophen und Hölderins Empedokles*,1996)、赫尔曼·乌里希(Hermann Uhrig)的《荷尔德林的"恩培多克勒"与法国大革命:德意志背景下的时代批评》(*Hölderins „Empedokles" und die Französische Revolution: Eine zeitgenössische Kritik deutscher Verhältnisse*,2016),等等。德国荷尔德林协会会长格哈德·库尔茨(Gerhard Kurz)认为赫尔舍的《恩培多克勒与荷尔德林》是近三十年来相关研究成果的扛鼎之作。

《恩培多克勒之死》的部分中译文最初载于1999年商务印书馆出版、戴晖译《荷尔德林文集》,不过文集中只收录了《法兰克福计划》《恩培多克勒斯的根据》《第三稿计划》《恩培多克勒斯之死第三稿》,并没有翻译篇幅最长的第一稿和第二稿。国内的相关研究也不多,在范大灿主编的《德国文学史》第三卷详细描述了《恩培多克勒之死》的创作和形成,并给予了相当专业的评价。因此,将这部剧作全部翻译成中文具有非常重要的现实意义。

二 《恩培多克勒之死》的形成和结构

1797年8月至1799年10月24日之间,荷尔德林先后与兄弟、母亲、诺伊弗尔（Neuffer）、席勒和苏赛特·孔塔德（Susette Gontard）等人的通信中，多次提及他在创作这部悲剧。1797 年 8 月，荷尔德林在写给他兄弟的信中这样提到："我已经制定了一个悲剧的详细计划，它的素材令我入迷。"1798 年 11 月 12 日，他又写信给诺伊弗尔："已经有一个月了，我在这期间安静下来，面对我的悲剧，与朋友辛克莱尔（Sinklair）交流，享受着美妙的秋日。"1799 年 6 月 4 日，他在给诺伊弗尔的信中第一次提及《恩培多克勒之死》这个标题："我在第一部分中隐藏了一个悲剧，恩培多克勒之死，对此我已经写到了最后一幕。"他在 1799 年 9 月致席勒的信中写道："我考虑了这部悲剧，恩培多克勒之死，我把迄今在此逗留的大部分时间献给了这种尝试。"1799 年 9 月下旬，他在给苏赛特·孔塔德的信中强调："我现在考虑把我剩下的所有时间都用在这部悲剧上。"这是他写作《恩培多克勒之死》的最后证据，到了 1799 年底，荷尔德林终止了这部作品的写作。①

三部断片创作的具体时间划分比较困难。其中第一稿篇幅最长，共有 2050 诗行，荷尔德林原本打算按照古典戏剧形式写出五幕悲剧，可是只写到了第二幕结尾。第一幕有九场，第二幕有八场，第一稿的内容与法兰克福计划有所出入。在剧中，主人公恩培多克勒是一个高尚且亲近自然的人，他向市民传播新时代意识，鼓励他们自由和民主地生活。然而，他内心清楚，他与民众的思想水平差距甚大。剧中的反派人物祭司赫莫克拉提斯代表的旧势力，视恩培多克勒为政敌。他用欺诈的手段，煽动民众反对恩培多克勒，指责他是诸神的敌人，将恩

---

① 参见：荷尔德林.许佩利翁/恩培多克勒（文本与评注）[M].法兰克福：德国古典作家出版社，1994：1091—1092.

培多克勒赶出阿格里真托城。后来祭司的欺骗被揭穿，民众又把恩培多克勒迎回城里，想请他当国王。但是，恩培多克勒拒绝了民众的请求，他的生活虽然处在黄金时代，但他察觉到自己脱离了自然，于是审判自己，跳入埃特纳火山，与自然融为一体。

第二稿，篇幅大大少于第一稿，只写了第一幕的前三场和第二幕的结尾，共732行。情节和人物与第一稿相似，但是对祭司赫莫克拉提斯的塑造更全面，揭露了这个伪君子和阴谋家，他污蔑恩培多克勒是普罗米修斯的半人半神，企图将其置于死地。

第三稿，只有500行，只写了第一幕的前三场，荷尔德林试图重新编排这部作品，剧情一开始就发生在埃特纳火山旁。恩培多克勒被他的兄弟施特拉托赶出城，动机不详。在这一稿中，恩培多克勒献身的动机不是为了弥补过错，他希望通过牺牲自己，给民众带来幸福，消除人与神之间的对立。

荷尔德林《恩培多克勒之死》三部未完手稿，虽然内容各有侧重，但是始终围绕着一个中心问题，即如何处理精英阶层与民众的关系。精英思想在十八世纪末的德意志知识分子中相当盛行，他们自以为掌握了知识，具有先进思想，而民众处在蒙昧状态，需要得到启蒙。"荷尔德林也是这种精英思想的拥护者，他认为他所处的时代是人类解放的时代，而人类解放只有通过所有人的共同努力才能实现。因此，已经觉悟的、有责任感的先行者即精英就必须担当启蒙民众的使命，帮助他们走向成熟。"[1]

在范大灿看来，荷尔德林三易其稿，最终没有完成这部作品创作的根本原因是："他显然遇到了他难以克服的困难。首

---

[1] 范大灿. 德国文学史 第三卷 [M]. 北京：商务印书馆，2020：241.

先，荷尔德林想严格按照古代希腊的悲剧程式写一部现代生活的悲剧，但是在写作过程中荷尔德林逐步认识到，他的这种想法是不现实的。古代的形式只能表现古代的生活，现代的生活必须用与它相适合的形式表现。"①

另外，荷尔德林尚未完全掌握古典戏剧这种文本类型的创作法则，尽管他把悲剧视为最高级的文学表现形式。断片《恩培多克勒的基础》和《沉沦的祖国》大概与恩培多克勒的草稿同时形成，融合了历史哲学和美学的问题。前一篇文章包含了对戏剧项目的思考和恩培多克勒剧中的自然和艺术的辩证统一，后一篇涉及由法国大革命形成的历史转折以及民众对新生事物的恐惧。荷尔德林对悲剧的阐释并未因此而停止。后来，他从古希腊文翻译索福克勒斯的《俄狄浦斯王》和《安提戈涅》这两部悲剧时添加了注释，使他的阐释达到了一定高度。

三 接受与翻译

《恩培多克勒之死》1986年由让-玛丽·斯特劳布（Jean-Marie Straub）和达尼埃尔·于伊耶（Danièle Huillet）以《恩培多克勒之死——或者在地球的绿再次照亮了你们》在西西里岛拍成了电影。1989年又把第三稿断片拍摄成了电影《黑色的罪》。2004年至2005年，这部作品还被柏林女画家安茨·É.科科夫斯基（Ancz É. Kokowski）创作成九幅版画组画《英雄的坠落》，2005年在柏林艺术之家展出。波斯尼亚诗人杰瓦德·卡拉哈桑（Dževad Karahasan）及导演赫伯特·甘察赫

---

① 范大灿.德国文学史 第三卷[M].北京：商务印书馆，2020：241—242.

（Herbert Gantschacher）在 2005 年从现存断片中创作了五幕文稿，由演员霍斯特·迪特里希（Horst Dittrich）翻译成了奥地利手语。

《恩培多克勒之死》的翻译是在宁波大学人文学院的葛体标老师的督促下完成的。他向译者提供了收录《恩培多克勒之死》的 1961 年斯图加特库汉姆（W. Kohlhammer）出版社出版的《荷尔德林文集》第四卷和戴维·法雷尔·克雷尔（David Farrell Krell）最新的英译本。译者在翻译时还参考了戴晖教授的中译本和多本德文、英文著作。中山大学的陈郁忠博士向译者提供了赫尔舍的《恩培多克勒与荷尔德林》和乌里希《荷尔德林的"恩培多克勒"与法国大革命》两部重要参考书，在本书付梓前，欣闻恩师广东外语外贸大学林笳教授翻译了比肯豪尔的《传奇与诗剧》，并全部译出《恩培多克勒之死》作为该书的附录，本书终稿时，我对照了林笳译本，订正个别错译，在此一并感谢！由于荷尔德林的文字比较晦涩，译者参照的几个德文原版存在异文，诗行并不完全一致，剧本中对话有较大的跳跃性，诗句跨行非常普遍，给翻译提出了巨大的挑战。尽管笔者已经多次修改，但是错漏在所难免，肯请读者和专家批评指正！

2021 年 11 月 30 日于宁波大学外国语学院

翻译底本：

Hölderlin. Hölderlin Sämtliche Werke [M]. Hrsg. Friedrich Beissner, Stuttgart. J.G Cottasche Buchhandlung Nachfolger, W. Kohlhammer Verlag 1961, Vierter Band, Der Tod des Empedokles, Aufsätze, Erste Hälfte, Text und Erläuterungen, 1961: 5—141.

荷尔德林文集，弗里德里希·拜斯内尔主编　恩培多克勒之死，第四卷　上卷，文章：文本和注释 [M]. 斯图加特：W. 科尔哈默出版社，1961: 5—141.

Hölderin. Hyperion, Empedokles [M]. Frankfurt am Main: Deutscher Klassiker Verlag, 1994: 389—395.

荷尔德林. 许佩利翁/恩培多克勒（文本与评注）[M]. 法兰克福：德国古典作家出版社，1994: 389—395.

Hölderlin. Hölderlin Sämtliche Werke [M]. Hrsg. Friedrich Beissner, Stuttgart: J. G. Cottasche Buchhandlung Nachfolger, W. Kohlhammer Verlag, 1961, Erster Band, Erster Teil, 1946: 240.

荷尔德林文集，弗里德里希·拜斯内尔主编　第一卷，1800 年之前的诗歌 [M]. 斯图加特：W. 科尔哈默出版社，1946: 240.

参考底本：

Hölderin. Der Tod des Empedokles [M]. Stuttgart: Reclam Verlag, 2016.

荷尔德林. 恩培多克勒之死（修订本）[M]. 斯图加特：雷克拉姆出版社，2016.

恩培多克勒之死

第一稿

第一幕

第一场

潘忒亚　德里娅

潘忒亚

这是他的花园！在那儿隐秘的
黑暗中，泉水喷涌，最近，我从一旁经过
他站在那儿——你
从来没有看见过他吗？

德里娅

哦，潘忒亚！ 5
昨天，我与父亲
才到西西里。但是以前，
小时候，我见过
他驾着一辆战车
参加奥林匹亚的比赛。
他们当时说起他许多逸闻趣事， 10
他的名字我始终铭记。

潘忒亚

你现在一定得见见他！现在！
据说，他漫游之处，
植物也会朝他注目，他拐杖触及的地方，
地下的泉水也会倾力涌出！ 15
全都千真万确！
雷雨天他若仰望天空，
立马云消雾散，
阳光普照——
但是该怎么说呢？你一定得见见他！ 20
等一会儿！再离开！我自己回避他——
他身上有一种易变的可怕本性。
……

德里娅

他怎么与别人共同生活？对这个男子
我一点都不理解， 25
他也像我们这般虚度时光，
在那些日子日渐老去，无足轻重？
并且他身上也有人间的痛苦？

潘忒亚

唉！因为我最近一次
看见他站在树荫下，满怀 30
深深的痛苦——这位神明。
极度渴望，悲伤寻觅
好像失去很多，迅即俯视
地面，透过小树林的晨光抬头仰望，

仿佛深入遥远的蓝天
生命从他身上飞走,好像国王脸上的谦卑　　　　35
抓住我纠结的心脏——还有你必定坠落
美丽的星辰!不再能持续长久,
我猜到了结局——

德里娅

你也和他　　　　　　　　　　　　　　　　　　40
交谈过吗,潘忒亚?

潘忒亚

你让我想起那些往事!不久前
我躺在床上病入膏肓,明亮的一天在我眼前　45
破晓,绕着丽日
摇晃,世界如同没有灵魂的剪影。
这时我父亲呼唤我
他若是这位高尚者的劲敌,
在无望之日是自然的密友,
这位圣人递给我治病的汤药,　　　　　　　　50
我战斗的生活在魔幻般的妥协中
彼此融合,好像返回甜蜜,没有冥想的
童年,我清醒着继续睡了很多天,
而且我几乎不需要一次呼吸——如同
借助新鲜的乐趣,我本性第一次　　　　　　　55
重新打开长久缺失的世界,我的
眼睛满怀青春的好奇向白昼倾诉,
他,恩培多克勒,站立在那儿!多么神圣,
多么清晰站在我面前!在他眼角的微笑里

我的生命再次盛放!哎哟, 60
宛若清晨的薄云流向我心田,
迎迓高贵而甜蜜的光芒,我曾经是其
温柔的反照。

德里娅

哦,潘忒亚!

潘忒亚

他胸膛里发出的声音!每个音节 65
都响起各种旋律!
还有他言语里的精神!——我想坐在
他的脚下,长达几个时辰,做他的弟子,
他的孩子,仰望他的苍穹,
并向他欢呼,直到我的知觉 70
在他天空的高处步入迷途。

德里娅

倘若他知道这些,亲爱的,他会说什么?

潘忒亚

他不知道。没有经受贫困的人在他自己的世界
变化;他以轻柔的圣人般的安静
行走在花丛下,担忧气流 75
会妨碍幸运儿,
   发自内心
在飞升的享乐中欢欣鼓舞
直到思想如同火花

在充满创造力的
欣喜之夜从他身上蹦出,　　　　　　　　　　　　80
未来行动的精神快活地
蜂拥入他的心灵,还有世界,
酿造人类的生命,更广阔的自然
环绕他出现——他在这里感觉到他像神
在他的元素之中,他的乐趣　　　　　　　　　　85
是天上的歌吟,然后他也走入
民众之中,那些日子,
民众异常沸腾,优柔寡断的骚动
需要一位强人,
随后他在那儿统治,快乐的领港员,　　　　　　90
扶困济危,如果他们真正
看厌了他,在他们作出保证之前,
需要适应这位一贯陌生的男子,
他走开——安静的植物世界
引导他步入阴翳,在那儿他感觉更美妙,　　　　95
他们充满神秘的生活,摆在他的面前
用他的力量面对大家。

德里娅

哦,演讲者!你如何能无所不知?

潘忒亚

他令我思考,关于他
我还能思考多少?哎哟,我抓住了他;　　　　　100
是什么?他自己如此,这就是
生活,而我们其他人是生活之梦。——

他的朋友帕萨纳斯
也向我讲起他若干往事,这位少年天天
见他,约维的鹰① 105
不比帕萨纳斯更自豪——我相信它!

德里娅

亲爱的,我无法责难你说的话。
但是我的心灵对此极度悲伤
我需要像你那样,
而且我不再需要。你们全都 110
在这座岛上?我们对伟岸的男人
充满乐趣,其中有一位
现在是雅典女人心中的太阳,
索福克勒斯!他从所有的尘世之人
首先从最壮丽的大自然众少女之中 115
显现,为了纯粹的纪念
在他的灵魂中——
  人人希望,是美好的
想法,喜欢永远
美丽的青春,在它枯萎之前 120
到那边拯救诗人的灵魂
提问与思考,城市少女中哪位是
最温柔贤淑的女英雄,
他称她为安提戈涅;
当众神的朋友,在一个明丽的节日步入剧院 125
我们的额头周围发亮,
但是我们的欢喜没有忧伤,

---

① 约维的鹰(Jovis Adler),属于天神朱庇特的雄鹰。

爱恋之心从未消亡
在痛苦撕下的敬意中——
你牺牲自己——我也相信,他 130
过于巨大,为了让你安静,
你无节制地爱恋不受限制的人。
什么能帮助他呢?帮助你自己,你预知
他的沉沦,你这善良的孩子,你
也要与他一道沉沦? 135

潘忒亚

哦,别让我
自豪,如同为了他,为了我别害怕!
我不是他,如果他沉沦,
那么他的沉沦不是我的,
因为伟人之死也伟大。 140
此人所有的遭遇,
这点,请相信我,这只发生在他身上。
倘若他对众神犯罪,会自己承载他们的愤怒
我想犯罪,
像他那样,会与他一道忍受相同的命运, 145
也许如同陌生人介入
爱慕者的争执——你想做什么?
诸神们只会说,你这笨蛋不可能
像他那般羞辱我们。

德里娅

也许他觉得
你比你思考的更雷同,你如何 150

在他身上找到满足?

潘忒亚
     亲爱的心肝!
我自己也不知道,为什么我属于他
——你应该去看看他!——我在想,他
也许会出来。

 你兴许在走开时看见   155
他——这是一个愿望!不对吗?我
应当打消这种愿望,因为众神
似乎不喜欢
我们没有耐心的祈祷,他们有道理!
我从不愿意——但是肯定希望   160
我,你们善良的众神,我不知道其他的
东西,因为——
我愿意立刻为剩下的人请求他,从你们这儿
只有阳光和雨露,我只能这样!
哦,永恒的秘密,我们是什么   165
而且寻找我们无法找到之物;
我们找到不是我们要找的——
什么时辰了,德里娅?

德里娅
     你父亲从那儿走过来。
我不知道,我们是走还是留——

潘忒亚
你说什么?我的父亲?来呀!离开!   170

第二场

赫莫克拉提斯　祭司
克里提亚斯　执政官

赫莫克拉提斯
谁去过那里了？

克里提亚斯
　　我觉得是我女儿，
德里娅和她的女友，此人
昨夜投宿在我家。

赫莫克拉提斯
只是巧合？或者她们也在寻找他
如同民众那样，相信他已失踪？　　　　　　175

克里提亚斯
神奇的传说迄今没有飘入
我女儿的耳朵。但是
她像所有人那样依赖他：假如他离开
走进森林，或者沙漠，到海上
或者进入地下——无限的感官　　　　　　180
会将他赶往何方。

赫莫克拉提斯

并非如此!因为他们一定要见他,
由此野性的妄想才会消退。

克里提亚斯

他会在哪里?

赫莫克拉提斯

　　离此地不远,那时他
冷漠地坐在黑暗中。因为　　　　　　　　　185
众神已经夺走了他的力量,
从那天起,这个狂徒
在所有民众面前自称为神。

克里提亚斯

民众像他那般狂热。
他们不听从法律,无视困境,　　　　　　190
法官;习俗
类似于难以理解的喧闹
和平的海岸被淹没。
天天都是狂野的节日
一场胜过所有节日的盛宴与众神朴素的节庆日　　195
突然全部消失
魔术师笼罩
昏天黑地
陷入他替我们唤来的暴风雨,
旁观,为他的精神高兴　　　　　　　　200
在他寂静的大厅。

赫莫克拉提斯

这个男子的灵魂
   在你们中间强大无比。

克里提亚斯

我告诉你,他们对他一无所知
只希望从他身上获得一切,
他应该是他们的神,他应该是他们的国王   205
我自己站在他面前深感羞愧
因为他拯救了我女儿免于死亡,
你从哪儿认出了他,赫莫克拉提斯?

赫莫克拉提斯

众神非常爱他。
但他不是第一人,他们随后把他   210
从他们宽厚信任的顶峰,
驱逐到一个没有冥想的夜晚。
因为他过于忘记了差异
在过度的幸福中,独自感觉;
他所受的遭遇,   215
伴随无边的空虚他遭到惩罚——
但是他最后的时刻尚未到来,
因为长期的溺爱者
无法忍受他心灵上的耻辱,我担心,
他长眠的精神重新点燃   220
他的复仇之火
半醒,一位可怕的梦游者说,
他酷似旧日的自大狂,

借助这支芦苇秆游遍亚洲。
通过他的言语一度变成了神灵 225
然后生机勃勃的广阔世界
如同他面前失去的财富
无比巨大的愿望显露
在他胸中,要抛往何处
火焰,开辟一条自由之路。 230
法律、艺术、习俗和神圣的传说
在他面前的美好时光成熟
他妨碍这个,可能还有兴趣与和平
他对生者从不容忍。
他绝不会成为和平使者。 235
如同一切消失的,
他全部夺回
没有尘世之人狂怒地阻拦野蛮人。

克里提亚斯
老翁!你看到了无名之物
你的言辞真切,假如兑现, 240
哎呀,西西里,你和你的小树林,
你的神殿都如此美丽。

赫莫克拉提斯
众神的箴言适合他,在他的工作
开始之前,只有民众聚集,这样我
可以向他们展现这个男子的容颜, 245
他们说到了他,他已经
逃向了苍穹。他们应该成为证人,

诅咒，我向他宣告，
驱逐他到荒凉的野外，
使之再也无法从那里返回， 250
糟糕的时刻，赎罪，
因为他自己成为了神。

克里提亚斯
　　但是软弱的民众
胆量受到抑制，为了你和我，你的诸神
你不觉得恐惧？

赫莫克拉提斯
祭司的话打破了大胆的意识。 255

克里提亚斯
如果他遭受神圣诅咒的羞辱
他们将把这位长期爱戴的人，
从他喜欢生活的花园，
从家乡的城市驱逐？

赫莫克拉提斯
谁允许宽容乡间的尘世之人 260
为之画出应得的诅咒？

克里提亚斯
但是你若像一名诽谤者
出现在那些把他当作神明的众人面前？

赫莫克拉提斯

在晕眩中会改变,如果他们的
眼睛再次看到此人,他们现在误以为消失　　　265
在众神的高高住处!
他们变得更好
因为他们昨日悲伤迷失
在此来回走动,说起他
太多的事情,因为我走了同一条路。　　　270
之后我告诉他们,我今天想陪他们
去他那儿;期间
每个人都应该在他屋子里安静地等待。
我请求你,与我一道出来
前往,我们看看,他们是否　　　275
听从我。你在这里找不到别人。现在过来。

克里提亚斯

赫莫克拉提斯!

赫莫克拉提斯

这是什么?

克里提亚斯

我在那儿看见他
千真万确。

赫莫克拉提斯

让我们走吧,克拉提亚斯!
他的演讲对我们没有吸引力。

第三场

恩培多克勒

你轻声步入我的宁静, 280
在地下洞穴的昏暗中终于找到我,
你更亲切!你到来并不意外
而且从远方来,高高地面上,我察觉到
你的返回,美妙的一天
你们,我信任的朋友,你们匆忙使出 285
高处的力量,你们再度
靠近我,像往常,你们这些幸福的人
在我的小树林,你们这些从不迷失的树木!
你们同时继续生长,每天畅饮
天之甘露,谦逊者 290
用光照和生命的火花播种
在苍穹的花朵上授粉。——
哦,亲密的大自然!你浮现在我眼前,
你还认识你这位朋友
你的至爱,你不再认得我? 295
祭司,带给你生动的歌吟,
如同快乐四溅的祭献之血?

哦,在圣泉边,
流水静静汇集,饥渴者
在炎热的日子也会年轻!在我心中, 300

在我心中,你们的生命之泉,曾经由世界深处
汇流,饥渴者
来到我这儿——我现在已经干涸
尘世之人永远不会高兴见我——
我完全孤独吗?唉! 305
在这儿上方白天也是黑夜?唉!
高高在上者看见,一只将死的眼睛,
盲目出击者四下摸索——
你们在哪里,我的众神?你们让
我像乞丐般疼痛,这胸膛 310
爱怜地预测到你们,把我撞下去,
涉及可耻的帮派
自由出生者,独自出于自身
而不是其他人?而且我像对待
病包儿那样容忍,在可怖的冥府 315

在日常工作中得到锻造?
我认出了:我想要!我想
创造空间,哈!天该亮了!走开!
对于我的自豪!我不想
亲吻你小路上的尘埃,我曾经 320
走入一个美梦——已经过去!
我得到爱,得到你们众神的垂爱,
我了解你们,我们熟悉你们,像你们那样,我与你们共舞
灵魂触动我,我熟悉你们
你们生活在我心中——哦,不, 325
不是梦,我的这颗心感觉到你们
你这安静的苍穹!如果这位垂死的精神错乱者

走过我的心灵，治愈你
呼吸时受伤的胸膛
你，全然的和解者！这只眼睛看到　　　　　　330
你神性的作用，完全展现的光芒！
你们，你们其他的永恒强者——
哦，剪影！已经逝去
而且你，别隐藏自己！你
自己负有责任，可怜的坦塔鲁斯①　　　　　　335
你亵渎了神圣，
怀着狂妄的骄傲使美丽的结盟不睦
更加悲哀！当世界天才在你这儿
忘记全部的爱，你考虑自己，
臆测简陋的大门，把好心人卖给你　　　　　　340
他们像愚笨的仆人服侍你，苍天。
复仇者在你们中间无处为家
而且我必须独自在心灵中
呼唤嘲讽与咒骂？
在我的心灵呼唤？没有善人　　　　　　　　　345
夺走我德尔斐（神秘）的王冠，
因为我从脑袋上，拿走发卷
像秃头先知应有的那般。

---

① 坦塔鲁斯（Tantalus）希腊神话中主神宙斯之子，因骄傲自大侮辱众神被打入地狱，永远受着痛苦的折磨。

第四场

帕萨纳斯　　恩培多克勒

帕萨纳斯

　　哦，所有一切
你们上苍的力量，这是什么？

恩培多克勒

　　走开！
谁把你送到这里？你想在我身旁　　　　　　　350
开始工作？若你不知道
我会告诉你一切；那要面对你的作为
然后——帕萨纳斯！找不到
这个男子，你的心可以依赖他，因为
他不在跟前，走，善良的年轻人！　　　　　　355
你的面容点燃了我的知觉，
是赐福或者咒骂，取决于你
两者对我都嫌多。但是依你所愿！

帕萨纳斯

发生了什么事？我长久地期待你，
　　谢谢，因为我远远地　　　　　　　　　　　360
看见你，日光，我在那儿发现
你，伟岸的人！天哪！像宙斯击倒的橡树
你从头到脚都被砸烂

你独自一人？这些话我没有听见，
但是陌生的死亡之声仍然朝我传来。　　　　　365

恩培多克勒
这是男子汉的声音，比尘世之人
更多更多地夸耀，因为善良的大自然
给予他太多的喜悦。

帕萨纳斯
正像你要与所有的世界之神熟悉，
并不算太多。　　　　　　　　　　　　　　370

恩培多克勒
　　我也这么说，
你，好心人，因为神圣的魔力
尚未从我的精神退让，
而且他们爱着我这位挚爱之人，
他们世界的天才。
哦，圣光！——人类没有把它　　　　　　375
传授给我——长久持续，
因为我渴望的心无法找到
所有的生者，那么我转向你，
依靠，犹如植物把你托付给我
在虔诚的乐趣中长期盲目地趋向你　　　　380
因为尘世之人难以辨认纯净，
但是当
精神在我身上盛开，正如你自身绽放，
那时我认出你，我呼喊道：你活着，

诚如你围绕尘世之人快活地漫步 385
苍穹的青春优美的外表
从你出发照耀每个自身，
承载你所有精神的颜色，
我也变成诗歌的生命。
因为你的灵魂在我这里， 390
像你那样我的心敞开向严肃的大地臣服，
悲苦的人，常常在神圣的夜晚
我赞美，你们，直到死亡
要无所畏惧、忠诚地热爱满怀希望的命运
没人敢于鄙视他们的谜语 395
那里发出与过去的小树林不一样的声音。
他们的山间泉水叮咚作响，
你们所有的快乐，大地！并不像你笑他们那样
抵达弱者，壮丽，如同他们，
温暖和诚实，由于勤劳与爱恋而成熟—— 400
你把他们所有都给予我，如果我经常
坐在遥远的山巅，惊人地过度思考
生活中的神圣谵妄。
从你的变化中过深地运动
预知自己的命运 405
然后苍穹呼吸，如同你
治愈我，为爱受伤的胸膛，
魔术般在他内心深处解开
我的谜语——

帕萨纳斯

你，幸福的人！

恩培多克勒

我是！哦，我可以说，怎么样，　　　　　410
据说——你天资力量的变化与作用
圣人，我是他的同伴，哦，大自然！
我可以在心灵前呼唤一次
我沉默的死寂荒凉的胸膛
被你的声音再度鸣响！　　　　　　　415
我还在那儿吗？哦，生活，它们向我呼啸而来
你所有振翅飞翔的旋律，我
倾听你旧日的齐唱，大自然？
哈！我这个彻头彻尾的孤独者，我没有
与这块神圣的土地和光照生活，　　　420
而且永不让你离开这个心灵。
哦，苍穹父亲！所有的生者
在几座当下的奥林匹斯山上？
现在我哭泣，像一个被驱走的人，
没有一个地方我喜欢待，唉，你　　　425
被我拿走，——什么都不要说！
只要众神逃避，爱情死亡
你知道这点，离开我，我
永不，我在你这儿一无所有。

帕萨纳斯

你还是那样，你曾经如此真实。　　　430
让我说，无法理解
对我而言，如同你自行毁灭。
我也许相信，你的灵魂打瞌睡
当前，如果它足够地向

这个世界敞开，如同你热爱的土地，　　　　　　　435
常常在深深的安静中关闭。
但是你宣称他们死亡，安息者？

恩培多克勒

如同你尽力想象出的安慰！

帕萨纳斯

你嘲讽乳臭未干的人，
而且考虑，因为我是你的幸运，像你，　　　　　440
没有成为内在，所以我说，因为你，
只因为混乱的事情受累？我没有看见你，
在你的行动中，因为这野蛮的城邦从你这儿
赢得形象与感官，在他的权力中
我了解你的精神，他的世界，　　　　　　　　445
如果通常你的一句话在神圣的瞬间
替我创造多年的生活，
一个漂亮的时代从那儿
年轻人开始：如同驯鹿，
每当远方森林沙沙作响，他们会思念家乡，　　450
每当你说起古老史前世界的快乐，
我的心常常抽痛。
而且你画不出未来的伟大线条，
在我面前，像艺术家可靠的目光，
一个缺少的环节排列成完整的图像；　　　　　455
在你面前人类命运没有公开？
你不熟悉自然的力量，
你亲密的，如同不朽者

他们，如你所愿，你在静静的支配中掌控？

恩培多克勒
够了！你不知道，你说过的每句话，　　　　　　460
让我如鲠在喉。

帕萨纳斯
因此你愤怒地憎恨一切？

恩培多克勒
哦，感到荣幸，你没弄明白的东西！

帕萨纳斯
你为什么躲开我？你的痛苦让我猜测？　　　　465
相信！更加痛苦不算什么。

恩培多克勒
没有什么东西，帕萨纳斯！
比要解开痛苦之谜更痛苦，难道你没看见？
哈！我更喜欢，你也许对
我和我所有的悲哀一无所知。不！
我不该说出它，神圣的大自然！　　　　　　　470
少女，躲避粗俗的感官！
我蔑视你，我孤独地
坐在主人那里，一个放纵的
野蛮人！我维持你们的天真
你们纯粹永远年轻的力量！　　　　　　　　　475
用欢乐教育我，用幸福哺育我，

因为你们总是马上又回到我这儿。
你们的善意,我不尊重你们的灵魂!
我能做,我已满师,
自然的生命,如何让我觉得 480
仍然神圣,如同从前!众神已能
为我服务,我孑然一身
曾经是神,充满狂妄地自豪说出。
相信我,我情愿没有
出生! 485

帕萨纳斯

什么?为了一句话的缘故?
你怎么能够拒绝,勇敢的男子汉!

恩培多克勒

为了一句话?对,众神
也许会像爱我那样毁灭我。

帕萨纳斯

其他人不会像你那么说。

恩培多克勒

其他人!他们如何有能力做到? 490

帕萨纳斯

是啊,
你这奇怪男人!如此深切地爱恋
没有他人能看到的永恒世界

他们的天才与力量，不，
像你，你对此说出这句大胆的话
如同你独自一人，为此你也充分感觉 495
如同你与一个人（发出）自豪的音节
把你从众神的心上撕下，
你愿意为他们做出牺牲，
哦，恩培多克勒！——

恩培多克勒

瞧，这是什么？
赫莫克拉提斯，祭司， 500
一群民众与他同在，克里提亚斯，执政官
他们想在我这儿寻找什么？

帕萨纳斯

他们寻觅了很久
你在哪里。

第五场

恩培多克勒　　　　帕萨纳斯
赫莫克拉提斯　　克里提亚斯　　一群阿格里真托人

赫莫克拉提斯

这里有一个你们说到的男人，他
生龙活虎地登上了奥林匹斯山。 505

克里提亚斯

他看上去充满悲伤,像一个尘世之人。

恩培多克勒

你们这些可怜的嘲讽者,你们感觉兴奋
如果一个人受难,让你们感觉到膨胀?
像轻易赢得的尘埃,你们当心
强者,如果他衰弱了? 510
成熟后落到地面的果实刺激你们,
但相信我,不是所有东西都为你们成熟。

一位阿格里真托人

他说了什么?

恩培多克勒

我请你们,走开。
关心你们自己的事吧,别
掺和我的。 515

赫莫克拉提斯

但是祭司
要对你说话?

恩培多克勒

唉!
你们纯洁的众神,你们生动的众神!
这个伪君子一定让我的悲伤
毒害我? 走开! 我常常保护你,

如此廉价，你保护我　　　　　　　　　　　　520
你知道，我向你表明，
我熟悉你和你糟糕的未来。
对我来说早已是一个谜，如同
在你们周围的自然忍受着你们
唉！当我还是个男孩，那时我虔诚的心　　　525
躲避你们全部的损害者，
这种不可贿赂的真挚之爱依赖
太阳，苍穹和信使，所有
遥远欲知的大自然。
因为我感到幸福，在我的恐惧中，　　　　　530
你们心中自由的众神之爱
劝导卑劣的服务，
我应该推动它，像你们那样。
走开吧！我不想在眼前看见这个男人
神圣之事像一门手艺推动，　　　　　　　　535
他的神情错误，冰冷与死寂。
像他的众神。你们这些相关者面临着
什么？马上走开！

克里提亚斯

　　直到
神圣的诅咒画在你的额头
无耻的诽谤者！　　　　　　　　　　　　　540

赫莫克拉提斯

　　　安静，朋友！
我告诉过你，会变好的

愤怒揪住了他。——鄙弃我
这个男子，这点你们听到，你们这些公民
从阿格里真托人那儿听到！严厉的话语
我不愿意与他在野蛮的争吵中交换。　　　　　545
不适合于老翁，你们只能
问他自己，他是谁？

恩培多克勒
　　哦，随便？
你们瞧吧，无益于任何事情，
去刺激一颗滴血的心。我乐于看见
这条小路，我漫步其上，静静地前行，　　　　550
今后这条神圣又静谧的死亡小路，
你们放出犁铧上的祭祀牲畜
他的驱赶者之刺永不击中
也这样保护我；别用
恶语让我的痛苦受辱，　　　　　　　　　　　555
因为神圣，从你们的困境中
放开我的胸膛，你的痛苦属于众神。

第一位阿格里真托人
这是什么，赫莫克拉提斯，为什么
这个男子语出惊人？

第二位阿格里真托人
他叫我们走，好像惧怕我们。　　　　　　　　560

赫莫克拉提斯
你们以为是什么？感官令他昏聩，

因为在你们面前他自视为神。
但是因为你们从不相信我的话,
那么就问他吧,他应当回答。

第三位阿格里真托人
我们相信你。   565

帕萨纳斯
你们也相信吗?
你们这帮厚颜无耻之徒?你们的朱庇特
你们今天不喜欢;他看到混沌;
偶像令你们感觉不快
你们也会相信吗?他站在那里,
悲伤,隐瞒了精神,   570
在缺乏英雄的时代,年轻人
思念那些,如果他永远没有,
你们,你们爬行,在他周围发出嘶嘶喊声,
你们允许吗?你们在感官上如此粗俗,
这个男子的眼睛没有警告过你们?   575
因为他温柔,敢于面对他
无花果——神圣的自然!你如何容忍
你周围这些蛆虫?——
现在你们观察我,不知道,
哪些应该在我这儿开始,你们   580
一定要问问祭司,问他,他知道一切。

赫莫克拉提斯
哦,听着,这个放肆的男孩

怎么能当着你们和我之面斥责？他怎么不该？
他允许，因为他的师傅允许一切。
赢得民众，讲他想说的； 585
这点我知道，没有
因自己的感官而努力，因为
众神尚能容忍。他们容忍许多东西
沉默，直至来到最外面
野性的勇气。然后这个亵渎神灵者 590
必须往下进入无底的深渊。

第三位阿格里真托人
公民们！我不喜欢与这两个人
造就未来。

第一位阿格里真托人
　　说吧，
如果此人让我们着迷，该怎么办？

第二位阿格里真托人
他们必须走开，学徒与师傅。 595

赫莫克拉提斯
到时候了，我恳求你们，你们这些担惊受怕者！
你们这些复仇之神——宙斯控制云彩
波塞冬① 抑制水浪，
但是你们，你们这群轻易变化者，
为了统治向你们交出隐藏品 600

---

① 波塞冬是希腊神话中的海神。

一个专横者脱离摇篮的地方
你们也在那里,
与此同时他纵情生长变成罪恶,
静静思索与他前行,在下面偷听
在他胸膛上,你们众神之敌所在之处　　　　605
无忧无虑,饶舌叛卖——
还有这个人,你认识他,这个暗中的
诱惑者,剥夺民众的意识
戏弄祖国的法律
而且,他们,这些阿格里真托的老神　　　　610
他们的祭司从不注意,
在你们面前从不隐藏,你们这些担惊受怕者!
他长时间地沉默,庞大的感知;
他完成了,卑鄙之人!你臆测
他们一定对此幸灾乐祸,因为你最近　　　　615
在他们面前自称为神?
然后你若要在阿格里真托统治
唯一的万能暴君
若你就位,你将独自一人,
良民与美丽的土地。　　　　　　　　　　　620
他们只是沉默,他们惊恐站立;
你面色苍白,在你昏暗大厅
可恶的忧伤让你麻痹
你往下逃避日光的时候。
你现在就来吧,泄愤到我身上　　　　　　625
诽谤我们的众神?

第一位阿格里真托人
现在明白了。他必须被处决。

克里提亚斯
我告诉过你们,我从来不
相信梦想家。

恩培多克勒
哦,你们这些疯狂的家伙!

赫莫克拉提斯
你说吧

你尚且无法预知,你与我们   630
没有任何共同之处,你变成了陌生人。
所有生者都认不出来。
给我们饮的泉水,不属于你
而且让我们受益的火苗也不是你的,
这颗心让尘世之人满心欢喜,   635
神圣的复仇众神从你那儿夺走。
对你来说明亮的阳光不在这上面,
地球不是绿色,空气不会给予你
它的果实与赐福,
如果你的胸膛在冷却后叹息又干渴。   640
徒劳,你不返回
属于我们的地方,因为你属于
复仇者,神圣的死亡众神。
而且真倒霉,从现在起,谁要从你那儿
友好地把一句话放入心灵,   645
谁向你致意,把他手递给你
谁向你提供中午一口饮水,
谁在他的桌子旁忍受你,

你，当你夜晚来到他门前，
在他的屋檐下假寐，650
如果你死去，为你准备
坟墓之火，真倒霉，像你那样！——出去！
祖国的众神不再能更久地忍受，
他们的神殿在何方，所有蔑视者。

阿格里真托人

出去，不要让他的咒语弄脏我们！655

帕萨纳斯

哦，来呀！你不要单独前往。
若受到禁止，还有一人尊敬你，
亲爱的，你知道，朋友的赐福
比祭司的咒语更强有力。
哦，到遥远的国度！我们在那里找到 660
天空之光，我想请求，
在你的心灵上友好地显现。
在那边明媚与骄傲的希腊
享受绿色山丘和树影婆娑
你旁边的槭树，温和的空气冷却 665
漫游者的胸膛；如果你累了，
在大热天坐在遥远的小路旁，
我用双手
从清澈的泉水中捧起干泉，收集食物，
在你头顶上我折弯树枝 670
苔藓与树叶，我准备替你做营帐。
你微睡时，我替你守护；

一定得这样，我为你准备；
坟墓的火焰，他们阻止你用它；
卑鄙可耻！ 675

恩培多克勒

哦，你这颗忠诚的心！——为了我
你们这些公民，我没有任何请求，已经发生！
我只请求你们因这位少年的缘故。
哦，别在我面前别过脸！
我不赞成，为此你们非常想
集会？你们自己没有把 680
手伸到我这里，你们失礼了
自以为是，你们蜂拥挤过来成为朋友。
但是你们送来的这些男孩，他们把手
递给我，这些热爱和平的人士。
你们把小孩放在肩膀上 685
用胳膊举起他们——
我不是吗？你们不认识这位男子，
你们对他说，如果他想要，你们能够
从一个国度到另一个陪伴他，充当乞丐前行，
而且，假如有可能，你们跟随 690
他也下地狱？
你们这些孩子！你们要送给我一切
而且常常愚蠢地强迫我，从你们这里索取
生活令你们快乐和获得之物。
然后我把属于我的归还你们 695
更多的，因为你们，你们注意这些！
现在我离开你们，不要拒绝我

一个请求，保护这孩子！
他不会给你们造成痛苦，像你们那样，
他只爱我，对自己说， 700
他是否高尚且貌美，也许
你们将来需要他，相信我！
我常常告诉你们：如果夜晚和天凉
在大地上，在危急中
心灵受到煎熬，眼下别把这些男孩 705
派往善良的众神，
让这些人枯萎的生命兴奋。
神圣地维持，我说，你们应当
是快活的天才——保护他
不要喊疼！答应我！ 710

第三位阿格里真托人

走开！你说的话我们全都
听不见。

赫莫克拉提斯

　　这男孩肯定会出事，随他所愿。
他要为放肆的恶作剧付出代价。
他跟你一道走，你的咒语也是他的。

恩培多克勒

你沉默吧，克里提亚斯！不要躲藏， 715
这也关系到你，你能够帮助他，不是吗，
罪恶消除不了血液的流动
这只野兽？我请求，告诉他们，亲爱的！

他们像喝醉了，说出一个平和的字眼，
让感官返回穷人！ 720

第二位阿格里真托人
他还在痛斥我们？老想着你的咒语
别说了，走开！否则我们要
杀掉你。

克里提亚斯
　　说得好，
公民们！

恩培多克勒
　　原来如此！——你们想要杀掉
我吗？什么？饥不择食的 725
鹰神女妖
想在我生命里诱惑吗？你们不能期待，
直到神灵逃避亵渎我的尸体？
过来！撕咬和分食战利品
祭司赐福你们享受，他的信任 730
他邀请复仇女神饕餮！——你害怕
不可救药者！你认识我吗？要我
败坏你恶毒的玩笑吗？
你花白的头发，男子汉！你
应该去人间，因为即便 735
当复仇女神的仆人，你都不够格。哦，瞧！
你那么不害臊地站在那里，你想在
我这儿成为大师吗？但是

一次差劲的工作要狩猎一头流血的野兽!
我哀悼,此人知道这些,那边 740
懦夫的胆量在膨胀;那时他抓住我
由衷地替我挑拨乌合之众的牙齿
哦,谁,谁治愈这些被亵渎者,谁
接受他,无家可归者,陌生人的房子
留着他耻辱的伤疤徘徊,众神 745
逃往小树林,为了藏匿他。来,儿子!
他们弄痛了我,但我情愿
忘记,但你呢?——毕竟走到
底部,你们这些无名者!
缓慢地死去,祭司的乌鸦歌唱 750
护送你们!因为狼群
在那儿聚集,尸横遍野的地方,这样
为你们找到一个,喝饱你们
鲜血的家伙,你们当中
这位纯洁的西西里人;土地 755
干涸,然而更好的百姓喜爱
紫葡萄生长,金色的果实
在昏暗的树林中,珍贵的谷粒,
从前打探一位陌生人,如果他踏上
你们神殿的瓦砾,是否那边矗立着 760
这座城市?走吧!你们一小时后
再也找不到我。——

    (他们走开时)
   克里提亚斯!
我还想跟你说一句话。

帕萨纳斯

（在克里提亚斯返回之后）

让我去见老父亲，告别。

恩培多克勒

哦，为什么？少年 765
替你们众神做什么！走吧，
你这个可怜儿。我在外面等候，
在去希拉库斯的路上，然后我们一道漫游。
（帕萨纳斯从另一侧走开）

第六场

克里提亚斯　恩培多克勒

克里提亚斯

怎么啦？

恩培多克勒

你还在跟踪我吗？

克里提亚斯

我应该做什么？

恩培多克勒

我也许知道！你打心眼里恨我， 770

但是你对我恨不起来：
你只是害怕，你什么都不必怕。

克里提亚斯
已过去了。你还想要什么呢？

恩培多克勒
　　你也许
自己没有想过，祭司
迫使你屈从他的意志，你　　　　　　　　　　775
没有控告，哦，倘若你只愿意为他
说一句忠诚的话，你害怕
这些民众。

克里提亚斯
　　否则你什么都不能
对我说？你喜爱多余的
废话。　　　　　　　　　　　　　　　　780

恩培多克勒
　　心平气和地说，
我替你救下你的女儿。

克里提亚斯
你做了这件善事。

恩培多克勒
　　你拒绝，你害羞

与这个诅咒你祖国的人交谈；
我愿意相信。你想想，
现在说起我的影子，受到尊敬 785
从明朗的和平国度再度返回——

克里提亚斯
我愿意回来，因为你呼唤，
假如民众希望不知道，
你还应该说。

恩培多克勒
　　我要对你说的，
与民众无关。 790

克里提亚斯
然后是什么？

恩培多克勒
你必须离开这个国度；我告诉
你，为了你女儿的缘故。

克里提亚斯
　　考虑一下你自己，
别为他人操心！

恩培多克勒
你不认识她吗？你不知道 795
一座城市所有的城门
沦陷，胜过一次出色的举动？

克里提亚斯

你们可能
缺乏什么？①

恩培多克勒

你不认识她吗？
像一位盲人摸索，众神
给了你什么？徒劳地照亮你　　　　　　　　800
你的房子里这道仁慈的光？
我告诉你，在民众中
虔诚的生活找不到其宁静
孤独地保留在你那儿，如此美丽
你郁闷地死去，因为　　　　　　　　　　　805
最温柔的神的女儿不会放弃
悉心照料野蛮人，相信
我！分离者说真话。
我对你的建议并不好奇！

克里提亚斯

我该对你
说什么？　　　　　　　　　　　　　　　810

恩培多克勒

我和她一道前往
神圣的国度，去艾利斯或者得洛斯②

---

① 德国经典出版社的《恩培多克勒之死》此处是：你考虑因为你在乡间，所以不会有好事。
② 古希腊城邦国家。

那些人居住的地方，她爱恋地寻觅，
静静地结盟，英雄的形象
伫立在月桂树下，她在那里休息
那里面对沉默的偶像 815
美妙的感官，足够温柔地
自我满足，在这道珍贵的影子下
痛苦入睡，她暗暗把这些保护在
虔诚的胸口。每当在欢快的节日
漂亮的希腊青年在那儿相聚， 820
陌生人绕着她互相问候
到处是满怀希望的生活
平静的心犹如金色云层
光芒四射，然后朝霞唤醒了
虔诚的梦游女郎的快乐 825
一位最美的佳人
在高尚的战斗中赢得了歌唱与花环
她选择，他从她那儿诱骗了这个影子
她过早地与这些人结伴。
你若喜欢这个，跟我来。 830

克里提亚斯

你在悲哀之中
还剩下那么多金玉良言？

恩培多克勒

别嘲弄！
分离者都喜欢再次
变年轻。垂死的目光

只是光,曾经以他的力量　　　　　　　　　835
愉快地在你们之中闪耀。友好地熄灭,
我咒骂过你们,只要我能赐福,
你的孩子如此喜欢赐福。

　　　　　　　克里提亚斯
哦,放手吧,别把我当成小孩。

　　　　　　　恩培多克勒
答应我,按我的建议做。　　　　　　　　840
离开这个国度,你拒绝。
这位孤独的女孩愿意请求苍鹰
把她从贱民那里拯救出来
飞向苍穹!我不知道更好的办法。

　　　　　　　克里提亚斯
说呀,难道我们对你　　　　　　　　　　845
做得不对?

　　　　　　　恩培多克勒
　　你怎么这样问啊?我已经
原谅你了。但是你还在跟踪我?

　　　　　　　克里提亚斯

我无法立马选择。

　　　　　　　恩培多克勒
　　选好,

她不该待在她沉没之地。
告诉她,她应该想到这位男子, 850
众神曾经爱过他。你也要这么做?

克里提亚斯

你如何请求?我会做。
走你自己的路,你这个可怜虫!

(下场)

第七场

恩培多克勒

是啊!
我走自己的路,克里提亚斯,
你知道,去哪里?我不由得害羞 855
我极度迟疑,
什么使我那么长久地等候,
直到幸福,精神和青春让步,而且没有东西
像愚蠢那样留下,悲哀。
我多少次,多少次提醒过你,那时 860
也许多么美丽,但是眼下急迫,
哦,安静,善神!不耐烦的言语
一直赶在尘世之人
的前面,让成功时刻
不会从容地成熟。有些 865

已经过去；将更轻松。首先这个老笨蛋紧紧地
依赖一切！那时
他曾经失神，一个安静的男孩
在他绿色的土地上玩耍，
他曾经比现在更自由，哦，分离！即使　　　　　　　　870
保护我们的茅屋，他们也不留给
我，还有这些？众神！

第八场

恩培多克勒　恩培多克勒的三名奴隶

第一名奴隶
你走吗？主人？
恩培多克勒
我当然要走，好心人！
替我取来行李，那么多
我自己能拿得动，再帮　　　　　　　　　　　　　875
我搬到那边的大街上——这是
你最后的活计！

第二名奴隶
哦，天哪！

恩培多克勒
你们总喜欢
围着我转，因为你们

习惯了,从甜美的青年时代开始,
当时我们一块儿在这幢房子里长大。 880
房子曾属于我父亲,现在归我所有,
这个专横冰冷的词我心里觉得陌生。
你们从未感受到仆人的命运。
我相信你们,你们愿意跟随我
我必须去的地方。但是我无法容忍, 885
祭司的咒骂让你们恐惧。
你们也许知道他?世界已经打开
对于你们和我,你们的孩子,如今
每个人都在寻找自己的幸福——

第三位奴隶

哦,不!
我们不离开你,我们不能这么做。 890

第二位奴隶

祭司不知道,你多么爱我们
也许能够禁止别人!但是他不能向我们发号施令。

第一位奴隶

我们属于你,让我们留在
你身边。不是从昨天起,我们
与你在一起,你自己说过。 895

恩培多克勒

哦,天哪!我没有孩子,
独自与你们三人生活在一起,但是我

着魔似的留恋这个休息场所，
像梦游者，搏斗，如同在梦中，
离开？没有其他选择，你们这些好伙伴！ 900
这点我请求你们，不要再说什么，
让我们行动吧，好像我们永不相识。
我不想忌妒他，这名男子
咒骂我爱我的所有东西——
你们别随我走；我告诉你们。 905
进去，拿上你们能找到的最好物品。
不要犹豫，逃离；不然
房屋的新主人会逮住你们，
你们会成为仆人中的懦夫。

第二位奴隶

你声色俱厉地打发我们走？ 910

恩培多克勒

为了你和我的缘故，你们这些获释的朋友！
使出男子汉的力气抓住生命，让
众神拿声望安慰你们；你们
开始新生。人类上升和
下降，别逗留太久！行动吧， 915
按照我的嘱咐。

第一位奴隶

　　我衷心热爱的主人，好好活着
别沉沦！

第三位奴隶
说呀,我们永远见不到你了吗?

恩培多克勒
不要再打听,
纯属徒劳。(强力命令)

第二个奴隶
(正欲离开)
啊呀,他像一名乞丐
在这个国家流浪,无处保障生命。　　　　　　　920

恩培多克勒
(默默地目送他们)
再见!我轻蔑地
打发你们走,再见!再见忠实的朋友们
而你,我父亲留下的房子,我成长之地,
鲜花盛开!——你们这些可爱的树木!受到
众神快乐的歌吟崇敬,平静地　　　　　　　925
相信我的安眠!哦,生命死亡和吹回
清风,因为戏弄
你们树荫下的原住民,
我极度幸福地离开,他们嘲弄我的
疼痛!猛烈地叹息,你们这些众神!模仿你们,　　930
替我做的一切,你们这些天神,
没有资格的祭司?你们让
我孤独,我,辱骂你们,你们这些亲爱的人!

为了家乡将我驱赶。
咒骂响起,我对自己说, 935
从这个贱民的嘴巴里再度传出我贫困潦倒?
此人曾经与你们这些圣贤之徒热烈地生活,
世界因为快乐而得到命名。
现在没有找得到他小睡的场所
他自身也无法安宁。 940
去哪儿,你们这些尘世之人的小路?
对你们来说,哪条对我来说最短?哪儿?
对最快的犹豫就是耻辱。
哈,我的诸神!现如今我驾驶马车
曾经不用害怕冒烟的车轮, 945
我很快就返回你们身边,情急中会发生危险。

(下场)

第九场

德里娅　潘忒亚

德里娅

安静,亲爱的孩子!
别抱怨啦!没人能听到我们。
我要走进房子。也许他
还在里面,你还可以再次见到他。 950
只是安静地站在那儿——
我可以进去吗?

潘忒亚

哦,这么做,亲爱的德里娅
我只求安静,好让我的心
不至于失落,当我在这个
痛苦的命运攸关时刻见到这高贵的男子。　　　　　　955

德里娅

哦,潘忒亚!

潘忒亚

(独自一人,在经历些许安静后)
　　我不能——倘若也是
罪孽,也得更镇静!
该死的?我抓不住,你也会
替我撕碎感官,黑色的谜语!
他会怎样?　　　　　　　　　　　　　　　　　960
　　(休息,德里娅遇到的恐惧再度回来)
　　怎么啦?

德里娅

　　啊呀!全都死寂
和荒凉?

潘忒亚

　　向前?

德里娅

　　我害怕,一道道门

敞开。但看不到人迹。
我呼喊,在那边我只听到
房子里的回声,我不想逗留更久——
哎哟!她沉默不语,面色苍白,异样地　　　　965
打量我,可怜的人儿。你永远也不认得我吗?
甜心,我要与你一道忍受!

潘忒亚

现在,只有过来!

德里娅

去哪儿?

潘忒亚

去哪儿?哦!这个
你确实不知道,你们这些善神!
啊呀,没有希望!你只照亮了我　　　　970
否则,哦,金色的光芒在那儿上方?他
离开了——孤独的女孩怎么应该知道?
为什么她的眼睛仍然明亮。
不可能,不!太放肆
这些行为,太神秘,你们还是　　　　975
做了。我还得生活
在这些人中保持安静?啊呀,哭泣
我只能对所有这些哭泣!

德里娅

哦,哭吧!亲爱的,

比起沉默或者演讲,你更喜欢哭泣。

潘忒亚

  德里娅!   980
不然他就走了!这座花园
因为他的缘故我认为如此珍贵。唉,经常
如果我觉得生活不够好,我
这个不合群者,与别人感到心酸
绕着我的山丘瞎跑,我看见那儿   985
这些树木之后的山峰,我想,那里
有一个人!——我的心灵
在他身上得到鼓励。我愿意与他生活
在我的感知中,知道他的时辰。
我的思想更信任地与他交友   990
与爱人分享
单纯的事业——唉!他们残酷地撕碎它
在街上扔给我
我的英雄形象,我从来没有想过。
唉!我常常祝愿百年的春天   995
我傻傻地为了他和他的花园。

德里娅

你们不能让温柔的快乐
离开你们,善神!

潘忒亚

  你说出这个?哦,德里娅
他犹如一轮旭日来到我们这儿   1000

光芒万丈，在金缆绳上
友好地开启不成熟的生活
在西西里长久等待他。在这座岛上
像他这位尘世之人从来没有统治过，他们感觉幸福。
他与世界的天才共同生活 1005
联合起来。充满热情！你把他们所有
都放在心上，唉！你由于
羞辱，不得不在一个个国家流浪
胸中的毒药，他们携带而来？
这事你们替他做了！哦，别放开我 1010
你们这些智慧的法官！不受惩罚地逃脱。
我更了解他，如果你们不知道
所以我想当面告诉你们，
然后也许把我推向你们的城市。
他咒骂了他，这个疯狂的家伙 1015
我父亲，哈，他也这样咒骂我。

   你们这些苍穹的花朵！
美丽的星辰，你们也将
凋谢？从现在起夜晚
在你心灵变化，苍穹父亲！ 1020
如果你的青春伙伴，这些发光体
在你面前熄灭？我知道，一定是，
神性之物，从上而下。我
成为了解他状况的女先知，
一位漂亮的天才遇到 1025
我时，他自称人或者神，
我知道他不喜欢这个时辰——

德里娅

哦，潘忒亚！假如你摆脱了
你摆脱了抱怨，我会感到害怕，他
也像你，他靠近疼痛边缘的骄傲　　　　　　　1030
神灵，在痛苦中更猛烈？
我不愿意相信，因为我害怕这个。
他还得作出什么决定？

潘忒亚

　你
让我惊恐？我究竟说了什么？我
永远不要——我要保持耐心，　　　　　　　1035
你们众神，我徒劳地不再
追求你们从远方推给我的一切，
而且你们想要给的，我会接受。
你这位圣人！我无处找你。
你去过那儿，我会高兴。　　　　　　　　　1040
我想安静，可以
从狂野的意念中让这幅珍贵的图景
脱离我，白天的噪音
也不会替我吓走友好的阴影，
我轻声漫步时，影子与我作伴。　　　　　　　1045

德里娅

你，可爱的梦想家！他还活着。

潘忒亚

他还活着？对啊！他还活着，他日夜

在旷野里走动。他的屋顶
是云朵，大地是
他的床铺。风让他的头发卷曲 1050
雨水伴随他的眼泪在他
脸上流淌，炎热的正午
他站在没有阴影的沙地上
太阳再度烤干了他的衣裳。
他找不到熟悉的小路；在岩石上 1055
面对这些靠战利品滋养的众生
这些陌生人，像他那样，令人怀疑
那时他出来，这些人不知道咒骂
他们递给他们粗陋的饭菜，
他去漫游强壮四肢。 1060
他就那么活着！唉！这不确定！

德里娅

是啊！可怕，潘忒亚！

潘忒亚

可怕吗？
你这可怜的安慰者，也许，
不再长久，所以他们前来，如果
有演讲，彼此交谈， 1065
他被打死横尸路上。
也许众神容忍，
他们也沉默，因为人们可耻地
把他从家乡丢入不幸之中。
唉，你！——你如何结束？你疲惫地 1070

在地上继续搏斗,你这只骄傲的鹰!
用鲜血画出你的小路,
一位胆怯的猎人捉到你
你垂死的脑袋在岩石上击碎
他们称他是约维的最爱? 1075

德里娅

亲爱而又美貌的神灵!不止如此!
不止是这些言辞!如果你知道,
如何夺取我对你的担心!
假如有帮助,我跪下请求你。
你只需缓和。我们要继续。 1080
可能有很多变化,潘忒亚。
也许民众马上就会后悔。你知道,
对,他们多么爱他。来,
我转向你父亲,你应该帮助我。
你我,我们也许能够赢得他。 1085

潘忒亚

哦,我们,我们应该这样,你们这些众神!

第二幕

埃特纳火山地区

农民小屋

第一场

恩培多克勒　帕萨纳斯

恩培多克勒

你过得怎么样？

帕萨纳斯

　　哦，不错，
你说过一句话，亲人——
你也考虑过吗？这上方
咒骂不再起作用，我们祖国相距遥远。　　　　　　1090
高山之上呼吸更轻松，
眼睛可以注目丽日，
眼下再度眺望，忧虑阻止不了
我们酣睡，也许习以为常的食物

再度递到我们人类的手中。　　　　　　　　　　1095
你需要保养，亲人！
圣山，父亲的大山
在其静谧中接受经常迁徙的来客
你若想，我们就在这间小屋
停留一段时间——我可以呼喊，　　　　　　　1100
他们或许能让我们暂住？

恩培多克勒
试试吧！他们会出来的。

第二场
前面两人　一位农民

农民
你们在找什么？那里道路
一直往下延伸。

帕萨纳斯
　　我们乞求在你这里留宿
不用担心外貌，好心人。　　　　　　　　　　1105
因为我们路途艰难，
受难者经常受到怀疑——众神会
对你说，我们属于哪种人。

农民
与你们相处过去比眼下更好；

我更愿意相信。但是城市 1110
相距不远；你们应该在那里
有一位东道主。最好去找那个人，
而非陌生人。

帕萨纳斯

哎哟！
假如我们带上不幸前往
我们的东道主容易害羞。 1115
而且陌生人不会白白施舍我们
少许，这是我们请求他的原因。

农民

你们从哪里来？

帕萨纳斯

知道这个派什么用途？
我们拿出金钱，你招待我们。

农民

有些门金子可以打开 1120
只是我的门不行。

帕萨纳斯

这是什么？给我们
些面包与葡萄酒，你尽管提要求。

农民

你们去别的地方会更好。

帕萨纳斯

哦,这么强硬!但是你也许可以给
我们一小块纱布,我好替这男子 1125
包扎双脚,还在淌血
岩石路弄伤了他——哦,仅仅
照看他!西西里善良的神灵
比你们的诸侯更珍贵!他站在
你的门前,面色苍白, 1130
乞求茅屋的阴影和少许面包
你能拒绝他吗?你听任他疲惫不堪
饥渴难耐地站在室外
炎炎烈日,顽强的野兽
也会因为酷热逃入洞穴? 1135

农民

我认得你们!哎哟!这正是阿格里真托人
咒骂的对象。我一开始就知道。
快走开!

帕萨纳斯

  天杀的!我们不走!——他应该
向你保证,亲爱的圣人!
在我走开并寻找食物期间, 1140
你在这棵树下休息。——你听着!如果他
受到任何人的伤害,
我将连夜赶到这里,在你想到之前,
烧掉你的茅草屋。
好好权衡! 1145

第三场

恩培多克勒　帕萨纳斯

恩培多克勒
别担心,儿子!

帕萨纳斯
你怎么这样说?你的生命让我
由衷地感到忧虑!这个人在想。
好像没什么能够伤害男子。
向他说出一句话,如同我们
轻易地取悦他们,似乎只是
为了他的斗篷,就要杀死他。　　　　　1150
因为他们觉得荒谬,他就
像生者那样到处行走,你竟然不知道
这个?

恩培多克勒
哦,是的,我知道。

帕萨纳斯
你微笑着说出这个? 恩培多克勒!

恩培多克勒
一颗忠诚的心!　　　　　1155

我弄痛了你,
我不想这样。

帕萨纳斯

哎哟,我只是缺乏耐心!

恩培多克勒

亲人,为了我,请保持安静!
马上就能够挺过去。

帕萨纳斯

你说这个?

恩培多克勒

你会看到它。 1160

帕萨纳斯

你现在怎么样?我现在可以去田里
找些吃的,如果你不需要,
我更愿意留下,或者最好,
我们走开,寻找之前的地方,
我们适合待在山上。

恩培多克勒

瞧那儿,附近
波光闪闪;·泓泉水。这属于我们。 1165
拿上你的酒器,空心葫芦,饮水
滋润我心灵。

帕萨纳斯

(在泉水旁)

清澈又清凉
父亲,从幽暗的地下涌出!

恩培多克勒

你先喝水。然后汲些水,带给我。

帕萨纳斯

(当他把水递给他时 ①)

众神会赐福于你。   1170

恩培多克勒

我畅饮你们!
我的老朋友,你们,我的众神!
对于我的回归,大自然,是
另一码事。你们这些好心人。
你们提前出发,我来之前,你们就到了吧?
在成熟之前,就该开花吧!儿子,安静!听,   1175
我们不再谈论发生的事情。

帕萨纳斯

你变了,你的眼睛闪亮
犹如胜利者,我还没有弄明白。

---

① 从这里开始,他如同一个高贵的人出现,完全凭借他过去的爱与权力。

恩培多克勒

我们要像青少年那样,整日
相聚,高谈阔论。轻松地找到 1180
家乡的影子。
忠实的故交无忧无虑地
聚会,友好交谈——
我的最爱!我们像善良的男孩
共享一串葡萄,在美妙的瞬间 1185
可爱的心常常得到满足
你必须到这儿陪伴我,
我们的欢庆时刻没有一个人
愿意忍受我们的忽视,在我们这儿迷失?
费了很大力气你购买它们, 1190
但是众神给我不白费劲。

帕萨纳斯

全都告诉我,我像你那样
高兴。

恩培多克勒

    你没看到吗?
我生命中的美好时光
今天再次返回,某些更大的事情 1195
摆在眼前,上山,儿子,我们要
前往古老神圣的埃特纳山巅,
因为眼下众神已在高处出现。
那时我还想用这双眼睛
观察流水、岛屿和大海。 1200

那时迟疑地越过金色的
水域,阳光在分离时赐福给我
欢快的青春,我最初曾经
爱恋过它。人人皆知环绕我们照耀。
永恒的天体沉默,同时地底下　　　　　　　　　　1205
的熔岩从火山深处喷涌
所有运动之物温柔地搅动
灵魂,苍穹将抵达和触及我们,然后!

帕萨纳斯
　　　　你只是担心
我;因为你不理解我。
你看上去开朗,演讲华丽,　　　　　　　　　　　1210
但是我更情愿,你感到悲伤。
哎哟!在你胸中燃烧着你受到的屈辱
你自己什么都不必关心
尽管你拥有很多。

恩培多克勒
　　　　哦,众神啊,此人最终不让
我安静,用粗俗的语言　　　　　　　　　　　　　1215
冲击我的感官。你要是想这样,
赶紧走开。面对生与死!不再是
这个时刻,要对此说太多的话语
我遭受什么痛苦,我是什么。
忧虑是这个。我永远不想知道。　　　　　　　　　1220
走吧!不再是疼痛,微笑着
虔诚地靠近,在悲喜交加的胸口

像孩子那样躺下——毒蛇撕咬
我不是第一个,众神悉心
向他派出恶毒的复仇者 1225
我得到了吗?我可以原谅你,
你不合时宜地提醒我这点;是
祭司经常在你眼前出没,
暴民的呐喊仍然萦绕你耳畔,
兄弟们的哀号,陪伴着我们 1230
去心爱的城市。
哈!我,所有的神,观察着我
倘若我是老人,
他们不会实施。什么?
我全部日子一天天无耻地叛卖我, 1235
面对这些胆小鬼——安静!尽可能往下
深深埋葬,
好像还没有尘世之人遭到埋葬。

帕萨纳斯

啊哈!我讨厌打扰他愉快的心
这种壮丽的心情,现在 1240
忧愁比过去更令人担忧。

恩培多克勒

申诉吧,别再继续
妨碍我;随着时光流逝
一切都会变好,与尘世之人和众神之间
我很快就能达成和解,我已经准备就绪。

帕萨纳斯

可能吗？——可怕混乱的意念治愈 1245
你不再孤独和可怜地臆测
你，高贵的人，觉得人类行为
不负责任，犹如炉上的火焰对于你，
你这么说了，再次成真？
哦，瞧！然后我赐福他，清泉， 1250
你从这儿开始新生活。
我们明天快乐地下山漫游
到大海边，引导我们来到坚实的海岸。
我们要关注旅游的困难和辛苦！
精灵与他的众神欢乐开心！ 1255

恩培多克勒

哦，孩子！——帕萨纳斯，只是别忘记我，
没有东西会白白满足尘世之人。
一个人相助——勇敢的少年！
别脸色煞白，盯住我往昔的幸福
无法编造的东西，再次给我。 1260
众神的青春对我来说犹如正在枯萎之物，
面颊红润，不会恶心。
走吧，儿子！我不喜欢完全泄露
我的意念与乐趣。
对你不是什么——不苛求你， 1265
留下我，我把你的留给你。
这是什么？

帕萨纳斯

一群民众！他们正在那儿攀爬。

恩培多克勒

你认出了他们？

帕萨纳斯

我不敢相信,我的眼睛。

恩培多克勒

 什么？我应该变成
咆哮者——什么？在没有意义的疼痛中   1270
泄愤,哪里我才能想心平气和地前往？
阿格里真托人来了！

帕萨纳斯

不可能！

恩培多克勒

 一场梦
我呢？我真正的对手,祭司
还有他的随从,呸！如此卑劣
我包扎好伤口,战斗   1275
没有更伟大的力量
与我搏斗？那么可怕
与被轻视者抱怨,还有？
在这种神圣的时刻！

全部宽恕的自然心灵场所 1280
准备调谐成音！
那时这伙人再次袭击我，
你们愤怒地发出无谓的呐喊
在我的天鹅之歌中，好，进来！
我要你们付出代价！我要长久地庇护 1285
这些不幸的民众，假装身披儿童服装的
乞丐，我现在足够了。
你们还没有原谅我
我为你们做的善举？我现在
原谅我自己。哦，来吧，可怜的人！必须如此 1290
那么我可以在愤怒中去见众神。

帕萨纳斯

这些该如何结束？

第四场

前场人物
赫莫克拉提斯　克里提亚斯　民众

赫莫克拉提斯

别害怕！
别让这伙莽汉的喧闹吓到你
驱赶你，他们原谅你。

恩培多克勒
你们这些无耻之徒！你们不知道别的？   1295
你们想干什么？你们认识我！你们
画了我的肖像，但是那些
失去生命力的民众抱怨，他们感觉到了吗？
他们辱骂这个男人？
他们害怕他，再次寻找他，   1300
对他痛苦的意念让人精神一振？
睁开眼睛，瞧瞧，你们多么
渺小，你们的疼痛，稀奇古怪的
可耻的舌头麻痹；你们不
脸红吗？哦，你们这些可怜虫，不害臊   1305
让这个糟糕的男人同情自然，
巨人不害怕他死。
他如何在巨人面前生存？

赫莫克拉提斯
你犯下的罪孽你要付出代价；
你脸上充满了悲哀，   1310
天才，现在返回，这些善良的民众
在他家乡再次接受你。

恩培多克勒
真的！伟大的快乐向我宣告
虔诚的和平信使；日复一日
观看毛骨悚然的舞蹈，   1315
你们狩猎和迷失的场所，没有安静之处
迷乱和担忧，如同无法掩埋的影子

你们围绕奔跑,在你们的危难中
一种窘迫的杂乱,你们这些被神摈弃的家伙,
你们可笑的乞丐技艺, 1320
能够靠近,尊严有价。
哈!我无法知道得更好,我更喜欢生活
无语,陌生,伴随着山的狂野
在雨水和炽热的阳光下,
与动物分享粮食,似乎我要 1325
再次返回你们盲目的悲哀。

赫莫克拉提斯

你就这样感谢我们?

恩培多克勒

再说一遍

瞧,如果你能,仰视这道光芒,
观看万物者,向上!你为什么不
待得远点,却傲慢地出现在我眼前, 1330
逼我说出最后一句话,
护送你去黄泉,
你知道,你干了什么?我对你做了什么?
警告你,恐惧将长时间
困住你的手,你的怒气长久地 1335
在他的枷锁上发愁。拦住他
我的精神被俘获,你无法安静,
我的生活折磨你,但是更多地
像饥渴,高贵之物折磨
恶人,你无法找到安静?你肯定 1340

敢面对我，丑陋，你臆测，
如果你用你的耻辱替我粉饰面孔，
我立即就与你相同？
这是一种愚蠢的想法，哎呀！
假如你把你自己的毒药放在饮料中　　　　　　1345
递给我，我心爱的灵魂永远不会
与你成对。他倾倒掉
你们玷污过的鲜血。
徒劳；我们走上了不同的道路
你在卑劣的死亡上丧生，如何适当，　　　　　1350
在没有灵魂的仆人感觉上，
另一种的命运告知另一条小路，
当我出生时，曾经预言
你们诸神对我而言，就在跟前
全知全能的男人惊讶什么？　　　　　　　　　1355
你的作品已完成，你的荆棘没有
触及我的快乐。你应该理解这点！

赫莫克拉提斯
但是我不理解这个狂人。

克里提亚斯
够了，赫莫克拉提斯！你刺激
深受侮辱者的愤怒。　　　　　　　　　　　　1360

帕萨纳斯
你们为什么带来这位冷漠的祭司，
你们这群傻瓜，如果替你们做善事？

选择成为调解人
被神遗弃的人无法再爱。
对争吵与死亡是他和他的同类 1365
在生命中播种，不是为了和平！
现在你们看清楚，假如你们在多年前！
有些事情没有在阿格里真托人中间
发生。你做了很多。赫莫克拉提斯，
只要你活着，你害怕某些可爱的乐趣 1370
离开尘世之人。
你把英雄的孩子扼杀
在摇篮里，丢弃在鲜花的草地上
充满青春活力的大自然
在你的长柄镰刀前死去。有些我自己见到 1375
有些我听到，如果一个民族消失，
复仇女神就会派出一名男子，
欺骗者到处引诱
充满生命活力的人们
最后，掌握技艺，神圣又聪明的谋杀者 1380
向一个人进攻。
忧伤令他快乐。
与诸神最相似的人经过最卑鄙的场所坠落
我的恩培多克勒！——走你
自己选择的路，我无法阻止， 1385
我血管内的鲜血立刻蒸发。
但是这个亵渎你生命的人，
我在寻找这位全能的破坏者，
我离开你后，我去找他，
他逃往祭坛，帮不了他任何忙，与我一道 1390

他必须与我,我知道他的基本特点。
我拖上他前往恶臭的沼泽——如果他
呻吟逃跑,我怜悯
这名白头翁,正如他同情别人。向下!
(面向赫莫克拉提斯)
    你听见没有?我信守诺言。   1395

第一位公民
不需要等待,帕萨纳斯!

赫莫克拉提斯
你们这些公民!

第二位公民
  你伸出舌头了吗?你,
你在我们身上作恶;你抢劫了我们
所有知觉,从我们这儿偷走了半神的
爱,你!他不再存在;   1400
他认不出我们,哎哟!过去这名威严的男子
用温柔的眼神注视我们;现在
他的目光转向我的心。

第三位公民
  天哪!如果我们
像老者身居农神时代,
友好地在我们的高处生活,   1405
而且每个人在他屋子里充满快乐
一切都得到满足。你招来

对我们的咒骂，这个无法忘记的人，
他对此人说过，哎哟，他肯定幸福。
而且我们的儿子会说， 1410
他们一旦长大，他们会谋杀
众神派给我们的男子。

第二位公民

他在哭泣！哦，更伟大，亲密，
因为以前，我觉得他是这样。你要
反对他，站在那儿， 1415
假如你没有看见，别在他面前
屈膝？在地上，你这家伙！

第一位公民

你还在
扮演偶像，什么？你愿意
上演你的骗局？在我面前拜倒！
我脚抵住你的脖颈。 1420
你不是跟我说过，你最后会
躺在冥界的深渊。

第三位公民

你知道，你干了什么？
倘若你盗窃神庙里的器物会更好，哈！
我们朝拜他，是廉价的 1425
我们想与他一道成为无神论者，
那里出乎意料，如同一场瘟疫
你恶毒的精神改变我们，离我们而去。

心与言,所有快乐,
他送给我们,在令人作呕的眩晕中。 1430
嗨,耻辱!耻辱!像精神病人
我们胡言乱语,因为你谩骂
深受爱戴的男人去死。无法治愈
假如你死过七次,你能够做到。
你对他和我们做的一切,无法改变。 1435

恩培多克勒

太阳渐渐西沉,
今晚我还得继续旅行,孩子们。
让祭司待在那儿!我们争论
已经很久。发生的一切
终将过去,将来让我们生活 1440
在宁静之中。

帕萨纳斯

适用于所有人吗?

第三位公民

再爱我们吧!

第二位公民

来吧,在阿格里真托生活;
一位罗马人说过,通过他们的努马[①]

[①] 努马·庞皮利乌斯(Numa Pompilius,前753年—前673年)是罗马王政时期第二任国王。跟初代国王罗慕路斯以发动战争扩大罗马不同,在其43年的统治中没有进行一次战争并充实了内政。

他们变得伟大。来吧！神！　　　　　　　　　　1445
你是我们的努马，我们考虑长久，
你应该当我们的国王。哦，哦，是的
我首先问候你，大家都愿意。

恩培多克勒

国王的时代一去不复返了。

众公民

(惊惧！)

你是谁，这个男的？

帕萨纳斯

　　你们这些公民，
就这样拒绝王冠。　　　　　　　　　　　　　1450

第一位公民

　　你刚才讲的话
无法理解，恩培多克勒。

恩培多克勒

老鹰永远在鸟巢里孵养幼雏？
它还关心看不见的雏鸟
在它羽翼下甜蜜安睡　　　　　　　　　　　　1455
未长羽毛的雏鸟，你们晨光下的生活
但是当它们见到阳光，
　一跃而起令它们成熟。
所以老鹰把雏鸟扔出摇篮，让

它们自己飞翔。你们不害羞，　　　　　　　　　　1460
你们想要一位国王，你们已经老朽，
在你们父亲的生活年代也许才会
有另一位国王。如果你们帮不了自己
没人能帮助你们。

克里提亚斯
请原谅，在所有的天神那儿！你是　　　　　　　1465
一位巨人，叛卖者！

恩培多克勒
　　这是
可恶的一天，让我们分离，执政官！

第二位公民
请原谅，跟我们来！家乡的太阳
让你感到更明亮。
因为在其他地方，如果你不需要　　　　　　　　1470
给予你的权力，那么我们就有许多
礼物与荣誉奉献给你。
用绿叶和漂亮的名字装扮花环，
把永远不会变旧的青铜用作立柱。
哦，来吧！应该有我们青年　　　　　　　　　　1475
纯粹的人，不会侮辱你，
为你服务，你只住在附近，
所以足够，我们必须容忍
你躲避我们的地方，你孤独留在
你的花园里，直到忘记你身上发生的事情。　　　1480

恩培多克勒

再一次！你，家乡之光，
养育了我，你们的花园，我的青春与欢乐
我应该想起你们，
你们的日子，我的荣誉，我纯粹
健康地与人民同在。　　　　　　　　　　1485
我们宽慰，你们这些良友！——只让我
更好，你们见到这张面孔
你们不再诽谤这些，你们更喜欢回想，
你们热爱的这个男人，并变得迷乱，
然后你们不再拥有纯洁的观念。　　　　　1490
我的形象在永恒的青春中与你们同在
如果我在远方，快乐的颂歌
更美妙地响起，你们对我的承诺，
哦，让我们分离，在愚蠢把我们与
老者分离之前，我们受到警告，　　　　　1495
一种观点保留，适时地
用自己的力量选择分离的时刻。

第三位公民

你那么无助站在我们身旁？

恩培多克勒

　　　　你们向
我献上王冠，你们这些莽汉！从我这儿
拿走我的圣物，我存放了很久。　　　　　1500
晴朗的夜晚，美丽的世界常常在
我头顶上伸展，神圣的天空

和群星，全都充当精灵
快乐的想法环抱我，
因为在我身上变得更鲜活， 1505
拂晓我想起你们这句话，
说出这严肃的、长时间保留的话语，
我快乐地，不耐烦地呼唤
黎明金色的云霞从东方升起
为了新节日，我寂寞的歌曲 1510
愿意与你们加入节庆的歌队。
但是我的心总要再次关闭，希望
他的时间，我应该成熟，
今天是我的秋日，果实自然地
落下。 1515

帕萨纳斯

  哦，倘若他能提早说起，
也许，所有事情就不会降临在他身上。

恩培多克勒

我不能让你们无助地站立，
亲爱的朋友！可不要害怕！新鲜与陌生
大多使地球之子恐惧
待在家乡只为了争取 1520
植物的生命，快乐的动物。
他们担心受限于自己的财产之中
他们怎样经受考验，他们的意念
在生命不能继续满足。但是他们必须最后
让恐惧的人出来，每个人在垂死时返回 1525

元素，为了
新的青春，宛如沐浴，
获得新生。人类给予了巨大的快乐，
他们自己变年轻。
从纯净的死亡中，　　　　　　　　　　　　　　1530
你自己适时地选择。
复活，如同阿基尔来自冥河，人民。
在自然夺走你们之前，给予你们自然——
你们早就渴望不同寻常
如同来自病体，从阿格里真托人那儿　　　　　1535
精灵渴望跃出常轨。
那么勇敢！你们继承之物，他们在争取，
父亲们的嘴巴给你们讲述和教诲，
法律和习俗，古老众神的名字，
冒失地遗忘它，抬举，犹如新生，　　　　　　1540
眼睛聚焦神性的自然，
如果神灵点燃天光，
甜蜜的生活呼吸，
像第一次迷醉胸膛，
森林里丰满金色的果实被秋风吹落，　　　　　1545
泉水从岩石间涌出，每当世界的生命
抓住你们，你们和平的精神，
犹如神圣的摇篮曲让你们安静。
然后由于美丽晨曦的狂喜
绿色的大地再次熠熠生辉　　　　　　　　　　1550
山峦海洋云彩和日月星辰
崇高的力量等同英雄兄弟，
在你们眼前浮现，你们的胸膛

像勇士在行动后怦怦作响
自己的美丽世界,然后把手　　　　　　　　　　1555
再次递给你们,发话,分享财富
哦,然后朋友们分享行动与荣誉
像忠实的无法分离的朋友;人人,
像所有人,如同在纤细的廊柱上,安静。
新生活在真正的秩序上　　　　　　　　　　　　1560
法律保障你们的同盟。
随后你们变化中的自然的天才!
再次承载你们,你们都展现了开朗明丽,
谁夺走了你们高处和深处的欢乐
犹如勤劳幸福,阳光雨露　　　　　　　　　　　1565
尘世之人的心在他们局促的地方降临
从遥远的陌生世界而来
自由的人民欢庆他们的节日,
好客!虔诚!因为尘世之人要拿出
他们最好的东西,屈从不会　　　　　　　　　　1570
让他的胸膛闭合与抽紧。

帕萨纳斯

哦,父亲!

恩培多克勒

人们由衷地命名,地球,然后你
像花朵从你昏暗中抽芽,
为了你,致谢者面颊的红晕为你盛开
来自丰富生命的胸膛,心灵的微笑　　　　　　1575
和

赠送爱情的花环，然后泉水
淙淙上涌，在赐福下汇成
洪流，伴随震动河岸的回声
你珍贵的，大洋父亲， 1580
赞美的歌声因自由的快乐再次鸣响。
在天体的亲和力中感觉全新。
哦，太阳神！人类的天才
与你，你的像它的，它形成的东西。
因为乐趣和勇气，丰富的生活 1585
行动，像你的光芒，他感到轻松，
美丽之物不会在悲哀与沉默的胸膛中死去
常常入睡，好比珍贵的种子
尘世之人的心以枯萎的外壳包裹
直到他们的时间来临，苍穹始终 1590
亲密地围绕着它呼吸。

    而且你们的眼睛
与苍鹰一道畅饮晨光，但是赐福
不给梦幻者，很少靠
琼浆玉液为生，自然之神 1595
日常款待，他们蕴含的本质。
直到他们对狭隘的来往感到疲倦
胸膛在他们冰冷的异乡
像尼俄伯，被绊住，神灵
比传奇感觉更强有力， 1600
生命考虑起源，
生动的美妙，寻觅，
欢喜当着纯粹事物之面发挥，

然后新的一天闪现，哎哟！不同于
以往，　　　　　自然　　　　　　　　　　1605

　　　　　　和惊奇地
难以置信，如同无望时代之后
在爱人的神圣再见时，
在至死不渝的相爱中，心依赖
于此　　　　　　　　　　　　　　　　　1610
　　　　　　他们在那儿！
长期缺乏的，生动活泼的
善良的诸神。

　　　　　　与群星的生命下落！
再见！这是尘世之人的言语，　　　　　　1615
此刻他们在你们和他的众神之间
迟疑，众神向他呼唤。
在分离之日我们的精神预示，
真正地演讲，不再回来。

克里提亚斯

你要去哪儿？在生机勃勃的奥林匹斯山，　1620
你向我这个老翁，最后
向我这个盲人倾诉，不要分开，
只有你靠近，在民众之中成长
新的灵魂渗透进果实和枝杈。

恩培多克勒

据说，如果我在远方，　　　　　　　　　1625

舍弃我天空的花朵,闪亮的天体
地球的植物上千次萌发,
众神面对的自然
不需要演讲:不会
让他们孤独,一下子接近 1630
因为他们的瞬间无法磨灭
获胜的影响经过所有时间
自上而下的赐福是其天宇的火焰。
然后是快乐的土星日
更适合男性的新日子降临 1635
随后思考逝去的时间,然后
在父亲们的天赋上传奇温暖地复活!
为节日而来,犹如春光
唱起颂歌,遗忘的 1640
人杰世界由黄泉升起
连同悲哀的金色云彩
记忆汇集,欢乐!围绕你们——

帕萨纳斯

你呢?你呢?我不想说,
在这份快乐面前

他们不知道将要发生的事情, 1645
不!——你不能够。

恩培多克勒

哦,祝愿!你们还是孩子,但是你们
要知道,何谓理解与正确,
你弄错了。说吧,你们愚蠢的朋友!为了权力

比你们更强有力,但是于事无补! 1650
生命犹如星辰无法阻止
沿着实现的路途继续前行。
你们不熟悉众神的声音吗?还有
当我聆听学习父母的语言。
在第一次呼吸和第一道目光中 1655
我听见那些声音,始终注意到
它们高于人类的言辞。
向上!他们呼唤我,每道微风
更强力地刺激忧虑的渴望
我愿更久地在此逗留,假如 1660
像小男孩笨拙地
在他童年游戏上玩耍。
哈!没有灵魂,像仆人,我
在夜间变化,在你们和我的众神面前的耻辱。

我生活过;像来自树冠 1665
花朵如落雨,金色的果实
鲜花与谷粒从黑土地涌出
因努力和困苦快乐地走向我,
上天的力量友好地下沉。
在深处汇集,大自然, 1670
你高处的源泉和你的快乐,
它们全部过来在我胸膛安歇,
它们是一种欢悦,如果我随后
仔细斟酌美好的生活,那时我
常常衷心地向众神请求一点: 1675
只要我在青春的力量上

不再拥有神圣的快乐，没有陶醉地忍受
如同上天旧时的宠儿
我精神的丰富变成愚笨，
然后提醒我，只能快速进入心田　　　　　　　　1680
向我发出一种难以期待的命运
作为标志，纯净的时代
已经来临，在良辰时刻
我继续新的青春拯救自己
在人类之中众神的朋友不会去　　　　　　　　　1685
游戏，嘲讽和妨害。
他们阻止我，强力警告
我：虽然只有一次，但也足够。
假如我明白，我马上就是
那朵狠毒的玫瑰，而且不尊重短枝，　　　　　　1690
强迫的皮条棍子等待
为此不要求这名男子的返回
他爱你们，如同一个陌生人
与你们，只为短暂而生，
哦，不要求，他敢拿他的神圣和灵魂　　　　　　1695
在尘世之人身上冒险！
一次漂亮的告别向我们保证。
我可以最后给你们我的最爱
我的心摆脱我的心。
由此完不成！我应当在你们这儿何为？　　　　　1700

第一位公民

我们需要你的建议。

恩培多克勒
问问这位少年！你们不要害羞。
最有智慧的人来自鲜活的精神,
如果你们为了伟大认真地问他,
女祭司从新鲜的泉水中取出 1705
老女巫的神谕
少年们本身也是你们的神——
我亲爱的！我愿意避开你,你生活
按照我的方式,我是晨间的云朵
无所事事而且短暂易逝！入眠, 1710
我孤独地盛开的同时,还有世界
但是你,你为明朗的一天而生。

帕萨纳斯
哦,我不得不沉默!

克里提亚斯
  我说服不了你,
不,最好的人！我们和你,我
自己的眼前昏暗,我看不见 1715
你开始干什么,我不能说,留下来!
推迟一天。片刻
常常神奇地抓住我们;所以我们
逃难者紧随逃难者前往。
通常一时间的满足似乎让 1720
我们长久地考虑,但只是
让我们炫目的时刻,我们只在
过去见过他们。请原谅!

我不想让强有力的人精神蒙羞
不是这些日子；我只是看到，我 1725
得让你，只能这样观看，如果在心灵上
关注我——

第三位市民

    不！哦，不！——
他没有去异乡，没有横越大海，
前往希腊海岸或者埃及
去见他的兄弟们，他多日未曾 1730
看见。高深的智者——请求他，
哦，请求他留下，惩罚我，
惊恐从这位平静的男子
神圣而可怕之人，经过生命传递给我
我内心更明亮，而以前 1735
更昏暗——也许你承担并看见
一个自身的伟大命运，你在你心中
喜欢承担，你思考的东西美妙无比。
但是请考虑爱你的其他人
纯粹者和其他人缺少， 1740
后悔者，你，好心人，你
给了我们很多，没有你会是什么？
你需要我们吗？自己
也休息一会儿，好心人！

恩培多克勒

哦，亲爱的忘恩负义者！我足够地给予 1745
你们喜欢靠什么生活。

我告诉过你们,你们允许生活
只要你们呼吸,不是我。肯定随
时间消逝,神灵通过谁演说。
神性的自然常常神性地通过 1750
人类公开,它再次认出这个多次尝试的宗族。
但是尘世之人公布了它,
它用其快乐填满了心胸
它让器皿破碎
它从不服务于其他用途 1755
神性变成了人类的作品。
让这些幸福之人死亡,
让他们在专横、轻浮和羞耻中
消逝,自由的人们在良辰
亲密地向神奉献。这是我的 1760
我知道我的运气,早在青春的日子
我就已预知:在我们之前,
如果他们明天
再也找不到我,说:他不应该
变老,计算着日子,不为忧虑 1765
和疾病服务,

没人看见

他离开,没有人用双手掩埋他,
没有眼睛看见他的骨灰
因为没有东西适合他,在谁的前面 1770
在神圣之日特别吉祥的时刻
神明投下面纱——
喜爱光照与大地,精神

世界的精神唤醒其合理的精神，
它们在其中，我在垂死之中返回。 1775

克里提亚斯
唉！他难以和解，这颗心可能
害羞地再对他说一句话。

恩培多克勒
来，把手递给我，克里提亚斯！
你们的全部——你始终是我最亲爱的人
在我这儿，你永远是忠实的好青年！ 1780
陪伴你朋友直到夜晚——不要悲伤！
因为我的结局是神圣的——哦，空气，
空气，包围新生儿，
如果他在那边变换小道，
我惩罚你，像船夫，如果他靠近 1785
来到母亲之岛的鲜花森林，
胸膛爱恋地呼吸
他苍老的面庞赞扬
再度第一次幸福的回忆！
哦，遗忘！女调解人！—— 1790
我的心灵充满祝福，朋友们！
只是走吧，问候家乡的城市
和原野！在漂亮的日子，
如果自然之神带来节日，
眼睛从日常工作中解脱。 1795
你们出来前往神圣的树林，
像友好的歌吟迎候
你们，从明亮的高处回答，

然后歌曲中我的声音响起，
朋友的言词，委婉地表达进入 1800
漂亮的世界，再次慈爱地倾听，
是如此壮丽。我说过的东西，
我偶尔逗留的价值不大，
但是光束也许会增强
静静的泉水，想要对你们祝福。 1805
透过晨曦的云朵向上。
你们也许想念我！

克里提亚斯
圣人！

你战胜了我，圣人！
我会敬仰你身上发生的一切，
我不会给他取个名字 1810
一定要在那儿？变得如此
急迫。那儿你还在阿格里真托
安静地生活，我们没有注意到
在我们思考之前，你从我们这儿取走。
快乐来去匆匆，但是它们不属于 1815
尘世之人自己，神灵
毫无问题匆匆在他小路上继续疾驰。
唉！我们能问一问，你
去过那儿吗？

第五场

恩培多克勒,帕萨纳斯

帕萨纳斯

出事了,送我 1820
离开!你会如释重负!

恩培多克勒

  哦,不!

帕萨纳斯

我知道,我不该
对神圣的外人说,但是我不想
压抑我胸膛的这颗心。你
溺爱,你做了自我教育—— 1825
而且类似我,让我觉得,因为
我是一个粗鲁男孩,高尚的人,
如果他心满意足
倾向与我友好地交谈,我对
这个男人的言辞早就熟知, 1830
这已过去!过去!恩培多克勒!
我对你说出名字,他忠诚的手
拦住正在逃亡的人。
瞧,是我,我一直在,
好像你不想放开,亲爱的人! 1835

我幸福的青春之精神,你不计代价地
拥抱了我,我也不计代价地拥抱你
在胜利的喜悦中敞开心扉
伟大的希望?我不再认识你。
这是一场梦,我不相信。 1840

    恩培多克勒
你不明白它吗?

    帕萨纳斯
  我明白我的心,
忠诚与骄傲为你的心发怒和痛击。

    恩培多克勒
赏赐给他他的荣誉,也给我。

    帕萨纳斯
荣誉只在死亡之中?

    恩培多克勒
  你听到了,
你的灵魂向我证明,为了我 1845
没有其他东西。

    帕萨纳斯
哎哟,这是真的吗?

    恩培多克勒
  为何

你认出了我?

帕萨纳斯
(内心的)
哦,乌拉尼亚的儿子!
你怎么能这样问?

恩培多克勒
(满怀爱)
然而我马上应该让仆人
为失去荣誉的日子苟且偷生?

帕萨纳斯
不!
对于你魔性的精神,男子汉,我不想　　　　1850
我不想侮辱你,即使向我提供爱的需求
你,亲爱的!假如有必要,只为你死
而且从你而生。

恩培多克勒
我
已经知道,你并非不高兴
让我走,勇敢的英雄!　　　　1855

帕萨纳斯
忧虑到底在哪儿?朝霞在你脑袋
周围翻滚,你眼睛立即馈赠我
它强烈的光束。

恩培多克勒
而且我，我充满希望地亲吻你
在你的嘴唇上，你变得强大，　　　　　　　　　1860
发出光芒，青春的火焰，把
死亡之物变成心灵和火焰，
与你共同向神圣的太空飞升。
对！最亲爱的人！我没有白白地与你
生活，在温和的天空下　　　　　　　　　　　1865
来自最初金色时刻的
大量唯一的快乐在我们心中油然而生，
通常我安静的小树林
空荡荡的大厅提醒你，如果你在春天从
那儿经过，神灵　　　　　　　　　　　　　　1870
你与我之间的神灵环绕着你，
然后向他表示感谢，现在向他表示感谢！
哦，儿子，我灵魂的儿子！

帕萨纳斯
　　　父亲！我
想表示感谢，如果从我这里
拿去最悲苦的东西。

恩培多克勒
　　　但是，亲爱的，美妙的　　　　　　　　1875
是这份感谢，只要还有快乐长久，
分离者，在分离者那儿扭曲。

帕萨纳斯
她一定要去那儿吗？我抓不住，

你呢？什么还能帮助你。

恩培多克勒

我未受尘世之人的逼迫。　　　　　　　　　　1880
尽我的力量，毫无恐惧地下山
踏上我选择的路途，这是我的快乐
我的特权。

帕萨纳斯
　　　　哦，别这样，别向我
说出可怕的事！你还在呼吸，
听朋友们的话，昂贵的生命鲜血　　　　　　1885
激动地从你心房涌出
你站立和凝视，明亮环绕世界
众神前面你的眼睛明澈。
天空基于你自由的星辰，
而且，所有人的快乐，涂上釉彩，　　　　　1890
你，高尚的人，你，地球的天才，
一切都应当消逝！

恩培多克勒
　　　消逝？
但是保留，如同泉流受霜冻之困
蠢孩子！在某一个地方睡觉和维持
神圣的生活精神，　　　　　　　　　　　　1895
你想要联系他，你纯粹之人？
永远的快乐者从不特别担忧
你进入监牢，

无望地在他的位置犹豫
你问道，去哪儿？世界的狂喜　　　　　　　　　　1900
他不得不漫游，他不会结束——
哦，朱庇特，解放者！现在走进去，
准备一顿饭，我再次花费
茎秆上的果实，葡萄藤的力量
我的告别表示谢意；我们　　　　　　　　　　　　1905
也是缪斯，可爱的缪斯，热爱我，
再次吟唱颂歌，儿子，现在就唱！

帕萨纳斯

你的话语神奇驾驭了我，我不得不
躲避你，我得屈从，我要它，我
不要它。

（下场）

第六场

恩培多克勒
（独自一人）

　　　嗨，朱庇特，解放者！走近些　　　　　　1910
我的时刻临近，从深谷中
我夜晚的忠实使者来临。
晚风吹拂我，爱的使者。
将要发生，将要成熟！现在跳动，心脏，
移动你的波浪，精神　　　　　　　　　　　　　　1915

如同璀璨的群星在你头顶,
这期间天空的云朵无家可归,
总是匆匆飘过。
我怎么啦?我不由得惊奇,似乎我
才开始生活,因为一切都是别样的　　　　　　1920
而且现在才是我,我是——这是为什么
在虔诚的安静中,你
这个徒劳无益的人,一种渴望突然袭来?
因此生活让你觉得轻松,
便能在一种全面的行动中找到　　　　　　　1925
胜利者的快乐?
我来了。死亡?只有向黑暗
迈出一步。你想要看看,我的眼睛!
你用坏了我,服务完成!
夜晚肯定荫蔽了一会儿我　　　　　　　　　1930
脑袋。但是从我
勇敢的胸膛喷出火焰。战栗的
要求!什么?在死亡时最后点燃我
生命? 你递上
恐惧的杯子,我,酝酿之中,　　　　　　　1935
大自然!由此你的歌者从他那儿
畅饮最后开心的一口!
我对此满足,再也找不到什么。
因为我的牺牲场所。也许是我
哦,正在坠落到水面上的　　　　　　　　　1940
彩虹伊利斯,当波涛在银色的云朵
飞升,如同你,这样也是我的快乐。

第七场

德里娅　潘忒亚

德里娅
他们告诉我，众神思考有别于尘世之人，
思考其他事情。一个人觉得什么严肃
其他人觉得是笑话。众神的严肃　　　　　　　　1945
是精神与道德，但是他们前面的游戏是
极其繁忙的人类悠长的时间
如同众神比尘世之人，
似乎应更多地考虑你们的朋友。

潘忒亚
　　　　不！我不觉得奇怪，
他继续渴望他的众神。　　　　　　　　　　　　1950
尘世之人给予他什么？他的愚民
向他滋养崇高的观念，
你们这些没有意义的生命，
溺爱他这颗心
带上他，你给予他一切，把　　　　　　　　　　1955
他给我们，哦，仅仅把他带走，大自然！
你的最爱更短促。
我知道这点，他们会长大
其他人不能说别的，他们
如何变化。哎哟！他们这样消失的　　　　　　　1960
快乐者，再度返回！

德里娅

　　瞧，我觉得
更快乐，在人类之中快乐地停留
无法理解的人原谅我
而且这里世界如此美丽。

潘忒亚

　　　　是的，世界
无比美丽，比以往任何时候更加美丽。　　　　1965
果敢者不允许没有馈赠从它那儿走掉。
他钦佩你，哦，天光？
你见过他，此人也许
我再也不能见到？德里娅！
英雄兄弟俩更真挚地对视，　　　　　　　　1970
在他们聚餐小睡分开之前，
他们不再能在早晨相会？
言语！但是我感到毛骨悚然，如同你
这份心，好孩子！我喜欢
别的样子，但是我为此害羞。　　　　　　　1975
他会做！这个岂不神圣？

德里娅

陌生的少年是谁，正从
山上跑下来！

潘忒亚

　　帕萨纳斯。我们
必须重新找回，失去父亲的人？

第八场

帕萨纳斯　潘忒亚　德里娅

帕萨纳斯

恩培多克勒在这儿吗？哦，潘忒亚，　　　　　　1980
你尊敬他，你上山来，你过来
再次见见他这位严肃的漫游者
他正在昏暗的小道上漫步！

潘忒亚

他在哪里？

帕萨纳斯

我不知道，他送我离开，
我再次回来时，再也见不到他。　　　　　　　1985
我在山间呼唤他，却没有找到
他。他肯定回家了。他友善地
答应，直到能在夜间逗留。
哦，要是他能来该多好！在最亲密的时刻
比箭飞得更快。　　　　　　　　　　　　　　1990
我应当再次对他友善，
而且你也那么想，潘忒亚！而且她也是，
珍贵的异乡人，只想见他一次，
只有，像一个富丽堂皇的梦所见。
他的下场吓到了你们，在每双眼睛前面，　　　1995

但是没有人能说出其名称；我相信它
但是你们会忘记，你们在
他的全盛期看到这个鲜活的人。
由于在这男子面前神奇地消失
尘世之人悲哀而可怕地认为的东西。　　　　　　　　2000
在心灵的眼睛前全都放光明。

德里娅

你多么爱他？但是你徒劳地请求
你足够地请求过他，
严肃的人，他留下，更久地
在人类那儿居住。

帕萨纳斯

 我还能够做很多？　　　　　　　　2005
他抓向我的心灵，当他
回答我，他的意愿是什么。哦，就这些！
他只给予快乐，当他拒绝，
在他的心里更深地回响，
与他统一，更多存在于　　　　　　　　2010
他新建之物上。不是
真正的说服，相信我，
如果他夺取了生活，
常常，如果他在他的世界里安静，
骄傲的满足者，然后我看到他　　　　　　　　2015
在昏暗的欲知中，我觉得心灵
完整与活泼，但是我无法感觉它们。
纯粹的当代令我恐惧

不可触碰者；但是如果言辞
决定性地从他嘴唇上滚落； 2020
那么仿佛快乐的苍穹再度发声
在他和我之中，没有反驳
抓紧我，但我只感觉更自由。
哎哟！他也许弄错，为了更加深刻
我认出了他，这个无尽的创造者， 2025
如果他死去，那么从他的骨灰中发光
他的天资更明亮地在眼前闪亮。

德里娅

哈！伟大的灵魂！伟人的死亡抬升
你，只把我撕碎。我应该保留
什么，告诉我，还应该怎样生活？ 2030
急迫烤焦青春的花朵，但是在我们纪念之前，
尘世之人已向世界打开，可爱的陌生人，
几乎没有温暖，快乐地相信，
很快冰冷的命运再次把他撞回，这个几乎没有出生者，
不受打扰地留在他的快乐中 2035
最亲密的人也不允许，嗨！最好的人
他们走向死神的一侧，
还有他们，去那边，满怀欢心，行动
让我们蒙受屈辱，在尘世之人那里逗留。

帕萨纳斯

哦，在亡魂那儿！不要咒骂 2040
这位高尚的人，他的荣誉
遭遇不幸

必死者,因为他至美地生活过。
因为所有的神那样爱他。
因为另外一个人,因为他,受到屈辱　　　　　　2045
应该得以剿灭,但是他,当他

　　　　　什么才能成为众神之子?
没有止境地关联无穷无尽者。
从未变成高贵的容貌
令人气愤地受辱!我不得不　　　　　　　　　2050
观看。

恩培多克勒之死

第二稿

恩培多克勒之死

五幕悲剧[①]

[①] 原文如此,如同第一稿,作者实际上写了两幕,没有写完五幕。——译者注

| 人 物 |

恩培多克勒
帕纳西斯
潘忒亚
德里娅
赫莫克拉提斯
梅卡德斯
阿格里真托人：
　安法里斯
　德默克勒斯
　哈拉斯

演出背景部分在阿格里真托，部分在埃特纳火山附近。

第一幕

第一场

  远方的阿格里真托人的歌队
  梅卡德斯　赫莫克拉提斯

梅卡德斯
你听见了这些狂热的民众?

赫莫克拉提斯
他们正在寻找他。

梅卡德斯
这个男子的精神
在他们中间具有强大影响力。

赫莫克拉提斯
我知道这些人怎样　　　　　　　　　　5
点燃枯草。

梅卡德斯

一人驱动民众,我觉得
更可怕之处,犹如约维的闪电
击中森林。

赫莫克拉提斯

于是我们把束带   10
系在人们眼睛上,使他们无法
强行靠近光线。
不允许神明变成当下
出现在他们面前
他们的心   15
无法找到生气。
你不认识这些老人,
人们称之为天之骄子?
他们把胸膛靠近
世界的力量   20
仰望者
接近不朽,
然后骄傲者也没有
低下头颅
并且他们把握的,   25
在强权者面前他人无法生存,
在他们面前改变。

梅卡德斯

而他呢?

赫莫克拉提斯

这让他变得
强大，他与众神　　　　　　　　　　　　30
关系亲密。
因此他的话语在民众之中鸣响。
仿佛来自奥林匹斯山；
他们感谢他，
因为他从上天抢夺　　　　　　　　　　35
生命的火焰，
把它们卖给尘世的人。

梅卡德斯

他们与他相比一无所知，
他应该是他们的神，
他应该是他们的国王。　　　　　　　　40
他们说，是阿波罗
替特洛伊人建造了这座城池，
但是更好，一位高人
终身相助。
他们说了许多关于他的费解之语　　　　45
漠视法律
没有困苦和风俗。
我们民族成为迷失的天体，
而且我担心
这个符号还指向了　　　　　　　　　　50
未来，他在安静的意念中
孵化。

赫莫克拉提斯

安静,梅卡德斯!
他不会的。

梅卡德斯

你更强大吗? 55

赫莫克拉提斯

理解他的人
比强者更强。
我非常熟悉这位奇人。
他幸运长大;
他开始自己的观念 60
就在他身上得到满足,少有东西
在他身上迷失,他要赎罪
他愚蠢地尊重尘世之人。

梅卡德斯

我惩戒自己,
与他一起不会持续太久, 65
但是早已足够,
他一旦成功,才坠落。

赫莫克拉提斯

他已经坠落。

梅卡德斯

你在说什么?

赫莫克拉提斯

你难道没有看见？精神贫乏者　　　　　　　　　　70
让高贵的精神
迷乱，盲人挫败引诱者。
他把心灵抛向民众，热情地
把众神的好意泄露给平民，
然后报复般地从愚人没有生命的胸膛　　　　　　75
模仿空洞的回声。
他忍受了一段时间，感到忧伤
保持耐心，不知道，
什么困扰他，同时陶醉
在民众身上滋长；　　　　　　　　　　　　　　80
他们在战栗中听到，他怎样被他胸中
自己的话语提升，并且说：
这样我们别听从众神！
而且名字，我没有那么称呼你，
仆人交给骄傲的哀悼者　　　　　　　　　　　　85
最终饥渴者喝下了毒药，
可怜的人儿知道，抱着他的观念
无法留下，找不到类似之物。
他借着快速的朝拜
自我安慰，失明，像他们，　　　　　　　　　　90
这些丧失灵魂的迷信者；
他失去了力量，
他在一个夜晚行走，不知道
能够自救，我们帮助他。

梅卡德斯
你对此那么确信? 95

赫莫克拉提斯
我熟悉他。

梅卡德斯
我想起来一篇傲慢的长篇大论
他做过的演讲,因为他最近
在集市广场,我不知道,
之前民众告诉了他什么; 100
我只是刚到,远远站立,你们尊敬我,
他回答,做那事无疑正确;
因为大自然沉默不语
阳光、空气、土地以及其孩子们
彼此陌生地生活 105
孤独者,好像他们互不相属
日趋强力地变化,
在众神精神里自由的
世界永恒的力量
为了其他的 110
短暂生命而搏斗。
但是野性的植物
在野性的土地上
在众神的怀里
尘世之人播下所有种子 115
养料严重不足,

土地出现死亡
如果一个人没有这样等待，唤醒生活，
而且我的是土地，唯独在我身上
力量和灵魂成为一体   120
尘世之人和诸神
永恒的力量拥抱更温暖
努力的心，更强大茂盛，
谁在他们之中感觉到自由的精神
清醒，因为我与   125
外来人交友
我的话说出陌生的名称
我四处徘徊，
接受生者之爱；一个人缺少的
我从别人处带来它，   130
灵魂上联结，我改变
让迟疑的世界更年轻
而且等同于没有和所有。
忘乎所以者如是说。

赫莫克拉提斯
这还太少。烦恼在他身上酣睡。   135
我认识他，我认识他们，过度幸福的
得到溺爱的天之骄子。
比起他们的灵魂其他人没有感受到。
瞬间一下子干扰他们——
温柔更易被摧毁——   140
然后没有什么能再次满足他们，
伤口燃烧着驱散他们，胸膛无法治愈地发酵。

也有他！他安静地出现
照耀他，自从可怜的民众不喜欢他
胸中充斥着专制的贪婪 145
他或者我们！算不上损害
我们牺牲掉此人。他
必须灭亡。

梅卡德斯

哦，别刺激他！别为他们创造任何空间，
让他们窒息，熄灭的火焰！ 150
让他走！别推他一下，自负者没有找到
他放肆的行为，
他只能在言语中犯罪
他就这样死去，充当一个蠢货
伤害不了我们太多，一名强大的对手让他害怕。 155
只是瞧瞧，然后才，然后才感受到他的力量。

赫莫克拉提斯

你害怕他和所有人，可怜的人啊！

梅卡德斯

我只是喜欢避免后悔，
喜欢保护应该值得保护的东西。
祭司不需要这些，他无所不知， 160
神圣的人，崇敬一切。

赫莫克拉提斯

理解我，未成年人！你

诽谤我。这个男人肯定坠落；我说
给你听，相信我，他值得保护。
我想像你那般做更多。因为他更靠近我　　　　　　　165
更近，如同靠近你。但是学习这个：
剑与火更有害
人类精神，类似于神性，
如果他无法沉默，他的秘密
未被揭示得到保护。他安静地　　　　　　　　　　170
在他的内心深处休息，给予缺乏之物，
他乐施行善，一团蔓延之火，
当他砸碎了他的枷锁。
与他离开。仅仅给予他的灵魂
和他的诸神，大胆　　　　　　　　　　　　　　　175
表示将不要表示
他危险的善行，仿佛是水。
泼出，浪费，更糟糕的
如同谋杀，你，你为此演讲？
你通告！他的命运如此。他　　　　　　　　　　　180
自己做了，应该生活，
如同他，如同他失去，在每人的痛苦与愚蠢中，
神出卖，所有来往的
隐藏支配着
交到人类手中！　　　　　　　　　　　　　　　185
他必须下去！

梅卡德斯

他必须高昂地赎罪，尽他的全力
由衷地相信尘世之人？

赫莫克拉提斯

他喜欢如此,但报应没有缺席,
他喜欢说大话,喜欢　　　　　　　　　　190
让禁欲隐蔽的生活受辱
让深处的黄金重见天光。
他想要的,不需要的东西
交给尘世之人,
首先让他面向基础　　　　　　　　　　195
——让他不要在观念上迷途,
让他把全部的身心放在民众之中
温柔之物,变得不够粗野?
这个全部告知者
如何变成专横之人?　　　　　　　　　　200
善良的男子!他如何变得
放肆,如同他手上的游戏
关注众神和人们。

梅卡德斯

你说得太可怕,祭司,
你捉摸不透的话语让我觉得成真。是啊!　　205
你把我当成作品。我只是不知道,
在哪里逮住他。是这个男子,
想怎么高大随他所愿,并不难以面对。
但是强势者强大
这个人,如同魔法师,引导众生,　　　　210
我觉得是另一码事,赫莫克拉提斯。

赫莫克拉提斯

他的魔力虚弱,孩子,更轻松,

因为有必要,他给予我们这点
转向合适的时刻
他的闷闷不乐,骄傲的、气愤的意念　　　　　　215
自己仇视,倘若他也
有权力,他没有注意,他仅仅悲伤。
看看他的情况,他返回寻找
丧失的生命。
神,他也在闲聊时忽略。　　　　　　　　　　　　220
替我聚集民众,我控告他,
向他发出咒骂,他们应当害怕
在他们的偶像前,
应当驱逐他,
进入荒野　　　　　　　　　　　　　　　　　　225
他再也不应该返回,
我感觉忏悔,他更多地,像受到触动,
向尘世之人宣告。

梅卡德斯
但是你欠他什么债?

赫莫克拉提斯
你说的这些话　　　　　　　　　　　　　　　　230
已经足够。

梅卡德斯
　　凭借这些虚弱的控诉
你就想把民众从他心灵拉出?

赫莫克拉提斯

合适时每次控诉都有力量
而且这并不算少。

梅卡德斯

在他们面前不要向他抱怨谋杀 235
没有任何效果。

赫莫克拉提斯

正是！公开的行动，
宽恕他们，盲从者
为他们生气不透明
肯定阴森恐怖！他们肯定 240
击中眼睛，让笨手笨脚的人活动。

梅卡德斯

你们的心依附于他，你安静安静
你没有那么容易把握方向！他们爱他！

赫莫克拉提斯

他们爱他？当然！他一旦盛开
和闪耀 245
   他们偷吃
他们应当与他做什么，现在
他转暗，荒芜？因为没有什么
可以利用，缩短他们长长的
时间，农田收割完毕。 250
遭到遗弃，根据兴趣

风暴降临,掠过我们的小路。

梅卡德斯
只让他气愤,让他气愤!瞧!

赫莫克拉提斯
我希望,梅卡德斯!他能忍耐。

梅卡德斯
耐心的人将赢得他们! 255

赫莫克拉提斯
精确无比!

梅卡德斯
你什么都没有注意,让你,
我,他,所有人都腐烂。

赫莫克拉提斯
尘世之人的梦境与泡沫
我真没有注意到! 260
他们喜欢众神,如同
众神那样表示敬意,持续一会儿!
你担心,受苦者喜欢
获胜,耐心的人?
他愤怒地面对那些蠢蛋, 265
在他的痛苦中他将识别昂贵
的欺骗,会无情地

感谢他,受崇拜的偶像
却是一位弱者,在他身上
真正发生,为什么他自己 270
与他们厮混。

梅卡德斯

我想不做这件事,祭司!

赫莫克拉提斯

相信我,不要担心急迫的事情。

梅卡德斯

他若去那儿。只寻找你,
你这个混乱的神灵!你将失去一切。 275

赫莫克拉提斯

让他这样!走开!

第二场

恩培多克勒

(独自一人)

在我的寂静中你轻声走来
在昏暗的大厅里面找到我,
你显得更友善!你来自远方
不出意外,我有效地在地上谛听 280

Der Tod des Empedokles

我喜欢你归来，美妙的一天
而且你们，我的熟人，你们快速达到
高处的力量！——你们再度
靠近我，如同你们的快乐
我的小树林，你们这些没有迷失的树木！ 285
你们安静，成长和每日的啜饮，
天之源泉朴素的人
用光线和生命的火花播种
向苍穹的花朵传授花粉。——
哦，内在的自然！你浮现在我 290
眼前，你还认识的朋友
你从不认识我这个深受爱戴的人？
祭司，带给你生动的歌曲，
如同快乐留下的祭祀鲜血？

哦，在圣泉畔， 295
地球的血管之水
汇集，
在炎热的日子
饥渴者提神！在我心中
在我心中。生命之泉，从世界 300
深处涌出，你们曾经
共同相聚，饥渴者来到
我身边——如今情况如何？
悲哀地度过？我独自一人？
夜晚在这儿外面，还是白天？ 305
更高的，因为一只将死的眼睛，看到
盲目的打击者四下摸索——

127

你们在哪里,我的众神?
痛苦!你们
像一位乞丐要离开我吗? 310
而且胸膛
爱恋地惩罚了你们,
你们把什么从她身上撞开
她用可耻的束带捆绑我,
这位自由出生的女人,来自自身 315
没有他人?应该漫游
他现在前行,长久溺爱者
常常微醉着与所有生者同在
你们的生活,哈,在神圣又美好的时代
它如同心脏被一个世界感知, 320
而且他们国王的神力
在他心灵中受到诅咒,他应当
那样前往,被赶出?他没有朋友,
众神的朋友?在他的虚无
和他的夜晚始终得到感官享受 325
像弱不禁风者忍受无法忍受之物,
在可怕的地狱
锤炼每日的工作。为什么
随后来过?为了虚无?哈!一个
有一点你们必须我放走!蠢蛋!你是 330
同一个人,做梦,仿佛你
是一名弱者。再来一次!再来一次!
让我感觉生动活泼,我要实现!
诅咒或者祝福!让力量成为泡影
更恭顺!居住在你胸中! 335

我要拓展我周边,黎明应当从自己的火焰中
升腾!你应该满意,
可怜的灵魂,
被俘者!应该自由,伟大和富裕
你在自己的世界感受——   340
再度感觉孤独,唉,再度孤独?

唉,孤独,孤独,孤独!
我再也找不到,
你们,我的众神,
我再也不回来   345
为了你的生命,自然!
你这位受尊敬者!唉!我没有
重视你的不受尊敬,你的
在我之上,你没有拥抱我
用你温暖的羽翼   350
你温柔可人,把我从睡眠中拯救?
这个蠢蛋,他,担心养料
同情而献媚引向你的玉液琼浆
让他啜饮和生长,
开花,变得强大,豪饮,   355
当着你的面嘲弄——哦,灵魂,
灵魂,你滋养我长大,你吸引了
你的主人,老萨图恩(农神)
新朱庇特,
一位更虚弱与脆弱者。   360
因为毒舌只会侮辱你,
复仇者无处藏身,我不得不独自

对自己的心灵说出嘲讽和咒骂?
不得不如此孤独寂寞?

第三场

恩培多克勒　帕萨纳斯

恩培多克勒

我只感觉到白天的走势，朋友！　　　　　　365
我将感到昏暗与寒冷！
恶化，亲爱的！难以安宁，
如同鸟儿快乐地与它猎物
蒙住脑袋，获得清醒
满足的酣睡，不同于我　　　　　　　　　　370
替我省省你的抱怨！让我这样！

帕萨纳斯

你变得让我感到陌生，
我的恩培多克勒！你认不出我吗？
我再也认不出你，你，高尚的人？
你竟能这么变化，成为　　　　　　　　　　375
谜，高贵的面庞，
只许面向大地
悲伤地向上天的宠儿低头？你不是
它吗？瞧！应该怎样感谢你
在金色的欢乐中　　　　　　　　　　　　　380
没有别人，像你，在他的民众之中。

恩培多克勒

你尊重我吗?告诉他们,
让他们放手——首饰
完全不适合于我,
绿色的树叶也会枯萎 385
还有拔掉的树干!

帕萨纳斯

你还站在那儿,清新的水流
在你的根部周围浇灌,温和地呼吸
你头顶周围的空气,不要被短暂之物
繁茂你的心;在你之上 390
不朽的力量支配。

恩培多克勒

你让我想起青春时光,亲爱的!

帕萨纳斯

我觉得生活的中心更美!

恩培多克勒

喜欢看,倘若侧身朝下,
快速消失者的眼睛 395
再次返回,
感谢的人。哦,那个时代!
你们爱的幸福,因为灵魂在我这儿
被众神,如同被恩底弥翁[①]唤醒,

---

① 恩底弥翁(Endymion),希腊神话中的美男子、牧羊人。

天真地微睡者敞开, 400
他们生动活泼,永远年轻,
生活的伟大天才感觉到
——美丽的太阳!人类没有
教我这些,我的心驱使我
不朽地热爱不朽, 405
为你,为你,我无法
找到神性,安静的阳光!像你
不在你的日子里节省生命
你无忧无虑地摆脱金色的富裕,
所以我也乐于看到,你的, 410
愿意给予尘世之人最佳的心灵
无所畏惧,敞开
我的心,像你,严肃的大地,
决定命运的人,你们在少年的快乐中
掌握我的生命直到最后 415
我常常在亲密的时刻对他们说,
把如此昂贵的死亡之盟与其相连。
那时沙沙作响的声音比之前小树林不同,
山间的源泉温柔作响,
你所有的快乐,大地!真正的,像他们 420
温暖而充实,因辛劳与爱情完全成熟
你把他们所有的给我。如果我常常
坐在寂静的山巅,惊讶地
默默思考人类变化无常的疯狂,
深深被你的变化抓住, 425
我自己的凋谢接近惩罚,
然后苍穹呼吸,如同对你那样,

为了因爱而受伤的胸膛治愈我，
如同火焰的云朵，
在高高的蓝色之中忧愁从我这里解脱。 430

帕萨纳斯

哦，天之骄子！

恩培多克勒

我就是！对啊！我想要讲述，
我是可怜的人！我需要
再一次向心灵呼唤，
你天才力量的作用， 435
享受壮丽，我是大自然，
无声且饱受屈辱的胸膛
你的声音再度回到我这儿？
我是它吗？哦，生活，它们让我感到
你所有飞扬的旋律响起，我听到 440
你往日的齐唱，伟大的自然？
嗨，我是孤独者，我生活没有
神圣的大地和这些光芒，
而你，心灵绝不会离开，
哦，上苍父亲，用所有的生者 445
众神之友在当下的
奥林匹斯山？我被扔了出来，我
极为孤独，痛苦如今是
我每日的行程和睡眠的伙伴
对我没有赐福，走吧！ 450
走吧！别打听！你在想，我在做梦？

哦，打量一下我！你不会感到惊叹
你，好心人。我随后
已到；天之骄子
如果他们异常幸福地成长 455
发出一个自己的诅咒。

帕萨纳斯

我无法忍受。
嗨！这些言论！你？我无法忍受，
你不应该让你和我的灵魂
害怕。我认为是一个恶毒的信号， 460
如果神灵，始终快乐的神灵，
强权者脸色阴沉。

恩培多克勒

你感觉到了吗？它意味着，他必须
马上让大地接受暴风雨的洗礼。

帕萨纳斯

放下烦恼，亲爱的！ 465
哦，他替你们做的一切，这种纯洁，
让他心灵如此昏暗
你们这些死神！这些尘世之人
无处没有自己的东西，可怕之物
递到他们心口， 470
更强大者的胸中支配着
永恒的命运？抑制悲伤
施展你的力量，直到你

更多地驾驭,因为其他人,哦,
瞧瞧我的爱人,你是谁? 475
思考你的事,好好活着!

恩培多克勒
你不认识我、你,死亡和生活。

帕萨纳斯
死亡,我只是略有所知,
因为我很少考虑那些。

恩培多克勒
独处, 480
没有众神,就是死亡。

帕萨纳斯
放下它,我认得你,通过你的行为,
我认出你,在他的权力中,
了解你的精神和他的世界,
如果你的一句话常常 485
在神圣时刻,
我创造了许多生命。
从此一个全新的大时代
在年轻人身上开启。我们驯化麋鹿,
当远方的森林簌簌作响,它们思念 490
家乡,我的心常常剧烈地跳动,
当你说起古老的史前世界的快乐,
纯粹的日子经验丰富,整个命运

毫无保留地对你公开，你没有
画出未来的伟大线条 495
我眼前浮现，目光保证，如同艺术家
排列整幅图画缺失的部分？
你不认识自然的力量，
你不像尘世之人与他们亲密
正如你想要在安静的统治中支配？ 500

恩培多克勒

正确！我全都知道，我全都能掌控。
如同我手中的作品，我完全
认出它，掌控，如果我想要
精神的主人，鲜活的东西。
我的是世界，所有的力量都 505
听命和服务于我，
   成为我的女仆
自然需要一位主宰。
如果她还有荣誉，这来源于我。
天空与人海 510
岛屿和星辰究竟是什么，一切都浮现在
人类的眼前，究竟是什么，
致命的拨弦乐演奏，我没有赋予它音调
语言和心灵？众神
和他们的精神是什么，如果我没有
向他们预告？现在！说说，我是谁？ 515

帕萨纳斯

仅在烦闷中讥讽你和所有一切

什么让人类辉煌无比，
他们的作用和言辞，败坏了我的兴致
胸中的勇气，我吓成了孩子。 520
哦，仅仅说出来！你厌恶你自己
什么爱你，什么喜欢与你相同，
你想要别样，因为你是，
在你的荣誉中你没有得到满足，为陌生人牺牲
你不想留下，你想 525
走向毁灭，嗨！在你胸中
是减少的宁静，因为在我这儿。

恩培多克勒

更没有过失！

帕萨纳斯

你告发了？
究竟是什么？你的痛苦不再长久地
让我成为谜！折磨我！ 530

恩培多克勒

人类随安静产生影响，
沉思者，应该发展
促进和放松他周边的生活
　　　因为充满高端的意义。
充满沉默的力量拥抱 535
预知者，他塑造了世界
大自然，
他呼唤他们的灵魂，

人们胸中承载着忧虑和希望
努力深深根植,强烈的渴望在他身上上升。 540
而且他有很大能力,欢快是
他的言辞,世界改变。
在他的手底下。

第二幕结尾

（第二稿）

潘忒亚　德里娅

潘忒亚

你也有人类的精神错乱！
没有溺爱他这颗心，　　　　　　　　　　545
你无足轻重！你把什么样的贫困
给了他？如今这个男子
盼望去见他的众神，
他们惊叹，仿佛他们
替他这个蠢蛋创造了崇高的心灵。　　　550
不然徒劳，哦，你把一切都给了
他，大自然！
你的最爱比其他人更容易消逝！
我也许知道！
他们来，长大，没有人说，　　　　　　555
他们如何长大，就这么消失，
幸福者，再次，嗨！让他们走！

德里娅

并不美丽，

在人类之中居住；我的心
不知道他者，安静地 560
在这一个人之中，
无法理解的结局昏暗又悲伤地
威胁我的眼睛，
你叫他也离开，潘忒亚？

潘忒亚

我必须。谁要与他联系？ 565
我得对他说，你是我的，
生气勃勃的人是他自己，
只有他的精神对他是法律，
他应当拯救蔑视
他的尘世之人的荣誉， 570
逗留，如果父亲
向他张开
苍穹的双臂？

德里娅

瞧，地球如此辉煌
而且好客。 575

潘忒亚

是啊，辉煌，更辉煌！
不允许没有馈赠地
使勇敢者与他们分离。
他也许还停留在
你的一座绿色高山上，哦，地球 580

你这个变化无常者!
俯瞰起伏的山丘
俯视自由的大海!带上
最后的快乐。也许我们
再也不能看到他,好孩子! 585
但是也触及我,我也喜欢
其他的样子,可是我感到害羞
他已经做了!就不再神圣?

德里娅

那位少年是谁?
从那边的山上下来? 590

潘忒亚

帕萨纳斯。哎哟,我们
必须再度寻获,丧父者?

第二幕最后一场

帕萨纳斯　　潘忒亚　　德里娅

帕萨纳斯

他在哪儿？哦，潘忒亚！
你尊敬他，也在寻找他，
你想再一次见他，　　　　　　　　　　　595
这位可怕的漫游者，他，独自
分派他要走的路，带上荣誉，
无人撞见这个不受诅咒的人物。

潘忒亚

他虔诚和伟大
全然的恐惧？　　　　　　　　　　　　600
他在哪里？

帕萨纳斯

他送我走开，从此
我再也看不见他。那边
我在悬崖峭壁上呼唤他，但是找不到他。
他肯定返回了。直到深夜　　　　　　605
他友好地答应我留下。

哦，倘若他来，更敏捷，像箭一般
最亲密的时刻消失。
因为我们乐于与共处，
你，潘忒亚，将与他们　　　　　　　　　　610
这位外乡人，只见过他
一次，一颗壮丽的流星。
你们听说了他的死亡，
你们这些哭泣者？
你们这些哀悼者！哦，瞧他　　　　　　　615
在他的全盛时期，崇高的人，
无论悲哀与否
尘世之人觉得什么恐怖，
在神圣的眼睛前面缓和。

德里娅

你多么爱他呀！徒劳地乞求　　　　　　620
最严格的人？比他
请求更有力量，小伙子！你将赢得
漂亮的胜利！

帕萨纳斯

我能够怎样？他击中
我的心灵，如果他　　　　　　　　　　625
回答，他的意愿是什么。
因为快乐只给出他的拒绝
是如此，听起来，更多
坚持他的奇迹，
只有更深地触及他的心。　　　　　　　630

它不是真正的说服，相信我，
当他掌控
生活时，
当他时常安静时
在他的世界里， 635
高度自我满足，我看到他
只在昏暗中预知，生机勃勃
我的心灵圆满，但是我感觉不到
它们，我非常担心
不可触及的当下。 640
但是这句话果敢地从他嘴里说出，
然后友好的天空过了一会儿听到
在他和我身上，没有反驳
抓住我，但是我感觉更自由，
唉，他可能弄错，内心里 645
我从中认出了这种取之不尽的真实
而且他死去，他的天赋脱离了他的灰烬
在我眼前更耀眼地闪亮。

德里娅

伟大的灵魂点燃你！伟人的
死亡，尘世之人的心 650
也欢喜在柔和的阳光下
沐浴，眼睛黏附
留下的东西。哦，说吧，
什么仍然应该生活和持续？命运强行撕开
最安静之物，他们预先知道 655
敢于，很快再次撞击
这些信任者，年轻人

在他们的希望中死去。
没有生者留在
他的全盛时期——哈！最佳人物， 660
再次走到清除者一边，
死神，还有他们，走向那里
满怀乐趣，让我们感到耻辱
在尘世之人那里逗留。

帕萨纳斯

你在诅咒！ 665

德里娅

哦，为什么你让
你的英雄死亡
如此轻易，大自然？
只是喜欢，恩培多克勒，
只是喜欢牺牲你自己， 670
命运击败弱者，而且其他人
强者同时注意，摔倒，站立
如同常见者的变化。
你这个高尚的人物！你所遭受的一切，
没有仆人可以承受这些， 675
其他的乞丐更可怜，
你游遍整个国家
对！但真实情况
最堕落者并不
悲哀，如同你们的亲人，如果 680
可耻之物打动了他们，你们这些众神。

他漂亮地取得。

潘忒亚

哦，不对吗？
为何他不该如此？
必须一再，一再 685
极其强大的物质
天才幸存，你们纪念，
好像痛苦拦住他？使他加速
疼痛地飞离，如同车夫，
如同他让车轮在路上 690
开始冒烟，
面临危险者只有更快地争取桂冠！

德里娅

你这么高兴，潘忒亚？

潘忒亚

在开花期和紫葡萄中
神圣的力量不孤独，生命 695
靠忧愁滋养，姐妹！
畅饮吧，像我的英雄，
在死亡的圣餐杯上也要快乐！

德里娅

哎哟！你一定要
安慰自己，孩子！ 700

潘忒亚

哦不是！我只是高兴，
神圣的，如果一定要发生，
可怕的事情，愉快地发生吧。
不是吗，像他，
若干英雄们已经去见众神？ 705
惊恐地前来，大声地哭泣
从山上来，民众，我没有
看见一个人，想要诽谤他，
因为不是，像这些怀疑者
他偷偷地逃离，他们听到了一切， 710
在他们面目的痛苦中闪光
他说过的言语——

帕萨纳斯

这样欢庆自上而下
星辰，啜饮星光
照亮了山谷？ 715

潘忒亚

的确，他欢心地走下去——
严肃的人，你的至亲，大自然！
你忠实的，你的祭品！
哦，死亡恐惧者不喜欢你，
忧虑混淆之中吸引他们 720
眼睛，在你心脏旁
你的心脏不再跳动，他们干枯地
与你分离——神圣的宇宙！
生动之物！内在之物！感谢你

他从你这里产生,你,不死之人! 725
微笑着把他的珍珠投向大海
他们从中走来,无畏者。
如此必然发生
神灵想要这样,
成熟的时间 730
因为我们这些盲人
需要奇迹。

恩培多克勒之死

第二稿：开始部分的誊清稿[1]

---

[1] 拜斯内尔主编的斯图加特版《荷尔德林文集》第 4 卷未录此稿，这里根据荷尔德林.许佩利翁/恩培多克勒（文本与评注）[M].法兰克福：德国古典作家出版社，1994：389—395.补译。

| 人 物 |

恩培多克勒
帕萨纳斯
潘忒亚
德里娅
赫莫克拉提斯
梅卡德斯
安法里斯
德默克勒斯　　阿格里真托人
哈拉斯

演出背景部分在阿格里真托，部分在埃特纳。

第一幕

第一场

远方阿格里真托人的歌队
梅卡德斯　赫莫克拉提斯

梅卡德斯
你听见了这些狂热的民众?

赫莫克拉提斯
他们在寻找他。

梅卡德斯
这位男子的精神
在他们中间具有强大影响力。

赫莫克拉提斯
我知道人们如何
点燃枯草。

梅卡德斯

一人驱动民众,我觉得
更可怕,好像约维的闪电
击中森林。

赫莫克拉提斯

于是我们也把束带 10
系在人们眼睛上,使他们无法
强行靠近光线。
神明不允许
在他们面前变成当下
他们的心 15
也找不到生机盎然。
你不认识这些老者,
人们称之为天之骄子?
他们靠近胸膛
依靠世界之力 20
而且仰望者
接近不朽,
然后骄傲的人也没有
低下头颅
在强权者面前 25
他人无法生存,
在他们面前改变。

梅卡德斯

而他呢?

赫莫克拉提斯

这让他变得
强大,他与众神   30
关系亲密。
因此他的话语在民众之中鸣响。
仿佛来自奥林匹斯山;
他们感谢他,
因为他从上天抢夺   35
生命的火焰,
将它们卖给尘世之人。

梅卡德斯

他们与他相比一无所知,
他应该是他们的神,
他应该是他们的国王。   40
他们说,是阿波罗
替特洛伊人建造了这座城池,
但是更好,一位高人
终身相助。
他们说了许多他的费解之语   45
漠视法律
没有困苦和习俗。
我们的民族是一个迷失的天体,
而且我担心
这个符号还指向了   50
未来,他在安静的意念
中孵化。

赫莫克拉提斯

安静,梅卡德斯!
他不会的。

梅卡德斯

你更强大吗? 55

赫莫克拉提斯

理解他的人
比强者更强。
我非常熟悉这位奇人。
他幸运成长;
一开始自己的观念 60
就在他身上得到满足,少有东西
在他身上迷失,他要赎罪
他愚蠢地尊重尘世之人。

梅卡德斯

我惩戒自己,
与他共处不会持续太久, 65
但是早已足够,
如果他获得成功,他才坠落。

赫莫克拉提斯

他已经坠落。

梅卡德斯

你在说什么?

赫莫克拉提斯

你难道没有看见？精神贫乏者 70
让高贵的精神
迷乱，盲人挫败引诱者。
他把心灵扔到民众前面，热情地
把众神的好意泄露给平民，
然后报复般地从愚人没有生命力的胸膛 75
模仿空洞的回声。
他忍受一段时间，耐心
忧伤，不知道，
哪里缺少，同时陶醉
在民众身上滋长； 80
他们在战栗中听到，他被他胸中
自己的言语提升，而且说：
这样我们别听众神！
名字，我们没有这样称呼你，
仆人们赐予这位自豪的哀悼者。 85
最终饥渴者喝下了毒药，
可怜的人儿。抱着他的观念
知道无法留住，找不到类似之物。
他用迅捷的朝拜
自我安慰，失明，如同他们， 90
这些丧失灵魂的迷信者
他失去了力量，
他在一个夜晚行走，不知道
帮助解救，我们帮助他。

梅卡德斯

你对此那么确信？ 95

赫莫克拉提斯

我熟悉他。

梅卡德斯

我想起一篇傲慢的长篇大论
他做过的演讲,因为他最近
在集市广场,我不知道,
民众事先告诉了他什么;我 100
只是刚到,远远站着,你们尊敬我,
他回答,在那儿做事正确无疑;
因为大自然沉默不语
太阳,空气和大地及其孩子们彼此
陌生地生活, 105
孤独者,好像他们互不相属。
也许一再强力地变化
在众神的精神里,自由的
不朽的世界权力
围绕着其他人短暂的生命 110
日趋强力地发生变化,
但是野生的植物
在野外的土地上
在众神的怀抱里
尘世之人播下的种子 115
养料严重不足,
土地出现死亡,如果一个人没有这样
这些等待,唤醒生活,
我的是这块土地,我
力量与心灵混合成"一体", 120

尘世之人和众神,
永恒的力量环抱更温暖
努力的心,更强大茂盛,
从自由者的精神出发,感觉中的人类,
清醒,因为我 125
与外来者交友,
我的话说出陌生的名称
承担生者的爱
我上下求索,一个人缺少的
我从另一个人带来,我在 130
心灵上连接,我改变
与复活迟疑的世界
等同于没有和所有。
自负者如是说。

赫莫克拉提斯

这还太少。烦恼在他身上酣睡。 135
我认识他,我认识他们,过度幸福、
被溺爱的天之骄子。
因为他们的心灵,他们没有感觉其他之物。
有一次瞬间干扰他们,
温柔更易被摧毁—— 140
然后没什么能再次安慰他们,
伤口燃烧着驱散他们,胸膛
翻腾无法治愈,也有他!他安静地出现
照耀他,自从可怜的民众视他为
高贵的精神。 145

恩培多克勒之死

第三稿

| 人 物 |

恩培多克勒
帕萨纳斯，他的朋友
马纳斯　　一个埃及人
施特拉托　阿格里真托人的主人，恩培多克勒的兄弟
潘忒亚　　他的姊妹
随从

阿格里真托人的歌队

第一幕

第一场

恩培多克勒
(从睡梦中醒来)

我越过原野呼唤你们,
从缓慢飘浮的云间射下
正午灼热的阳光,你们炽热的光线,
我在你们身上发现了新生命的日子。
不同于往昔!逝去,逝去 5
人类的痛苦!似乎在我身上震撼
不断地增多,我感觉幸福与轻松。
这里上方,这里,足够富足与快乐,
我愉快地居住,那里火焰杯满载着精灵
直到边缘,装饰 10
它自己培育的花朵,
我父亲埃特纳好客地接待我。
如果阴间的雷雨
喜庆地醒来前往云区
至亲的雷声往上为了快乐的飞翔 15

在那里我的心也在生长。
大雕相随我在此吟唱自然之歌。
他没有想到，在异乡
另一种生命在我身上开放，因为他
满怀屈辱把我驱离我们的城市。　　　　　　　　　20
我的国王兄弟。哎哟！他不知道，
这个聪明之人，他准备了哪些赐福，
因为他离开了人们监禁，因为他自由地
向我解释，自由地，如同天空之翼
因此也合适，因为会实现！　　　　　　　　　　25
伴随着嘲讽与诅咒，民众武装起来，
这是我的，对付我的心灵
把我赶出，不是徒劳地尖叫
我耳朵内有上百种声音，
清醒的大笑，那里梦想者　　　　　　　　　　　30
疯癫的梦想者，走在途中哭泣。
在死去的法官那儿！也许我把它赚取！
而且可以治愈，毒药治愈病人
一种罪孽惩罚另外的人。
因为我大大恢复了青春，　　　　　　　　　　　35
人类在人性上从不相爱和效力，
如同水与火只盲目地服务，
因此他们也不会有人性地
遇见我，因此他们
毁了我的脸，拦住我，如同对待你　　　　　　　40
长期受苦的大自然！你也拥有我，
你拥有我，在你我之间
旧爱再度破晓。

你呼唤,你愈来愈近地吸引我。
遗忘——如同一艘幸福的帆船 45
我离开岸边,生命的波涛
　　　　　离开我自己
当波浪翻滚,母亲向我
伸出她的双臂,哦,我需要的,
我需要害怕的东西。但是其他人 50
不喜欢害怕。因为是你们的死亡,
哦,你让我非常熟悉,你魔幻般的
可怕的火焰!你为何安静地住在
这儿或者那儿!你如何自己担惊受怕。
你逃避吧,生机勃勃者的心灵! 55
你隐藏我,而你不再向我
揭示相关的灵魂,
你让我感到明亮,因为我不惧怕。
因为我要去死。这是我的权利。
哈!诸神,宛若朝霞,周围及 60
下方旧日的愤怒呼啸而过!
往下,往下,你们控告的想法!
细致的心!我永不需要你。
而且这里不再有思考。神
在呼喊—— 65
（因为他觉察到帕萨纳斯）
　　　　我要让这位特别忠诚者
获得自由,我的小路并不是他的。

第二场

　　　帕萨纳斯　　恩培多克勒

帕萨纳斯
你好像开心地醒来,我的漫游者。

恩培多克勒
我已经醒来,亲爱的,我并非徒劳地
在新的家乡环顾
我觉得荒野妩媚可爱,你也会喜欢　　　　　　70
　　　珍贵的城堡
　　　　　我们的埃特纳。

帕萨纳斯
他们驱逐了我们,他们驱逐了你,
你这个善人!蒙受屈辱,请相信我,
你早就令他们内心情绪不快　　　　　　　　75
在他们的废墟上闪现,在他们的夜晚
光照让绝望者感到太明亮,
如今他们想要结束,不受干扰,
在漫无边际的风暴中,浓云遮蔽
星辰,他们的船兜圈子漂浮。　　　　　　　80

我也知道，你这位神，箭矢在你身旁
劈开，击中其他人，抛开。
没有损伤，如同在魔棒边缘
这条驯服的蛇，向来围绕你玩耍
你吸引了这伙不忠的人，　　　　　　　　　　85
你由衷地关爱这些人，亲爱的朋友！
现在，随他们去！他们喜欢畸形
怕光在地面上蹒跚，承载着他们
各种请求，各种担忧
疲倦地奔跑，大火喜欢燃烧　　　　　　　　90
直到它熄灭——我们安静地居住在这里！

恩培多克勒

我们静静在此居住；在我面前
神圣元素大大地敞开。
不费力气者总是相同地
尽力在我们周围活动　　　　　　　　　　　95
在他坚固的海岸边翻腾与休息。
古老的大海，山脉上升
携带其激流发出声响，起伏，淙淙
流过绿色森林，从山谷到山谷流下。
云端日光驻足，苍穹静谧　　　　　　　　100
精神和更神秘的要求，
我们在此安静地居住。

帕萨纳斯

　　这样你幸福地留下
在这高山之上，生活在你的世界，

我服侍你，瞧瞧我们急需什么。

恩培多克勒
我只需要少许，我喜欢 105
从现在开始自己解决所需。

帕萨纳斯
但是亲人，你需要的东西，
我可以事先弄来若干。

恩培多克勒
你知道我需要什么？

帕萨纳斯
  好像我不知道，
什么才能满足最知足的人。 110
如同生命，最亲密的需求。
最小的东西
对信任之人也意义重大。
你在这儿光秃秃的土地上
炎热的阳光下睡觉，我回想起， 115
一片柔软的地上，凉爽的夜晚
在一处安全的大厅也许更好。
我们在这里，所有的怀疑者，
如此靠近其他人的住宅。
不久我就要远离你 120
急忙往高走，我很快便幸运地发现
为了你我"建造"了一幢安静的"房屋"。

一块深藏的岩石,橡树隐秘地遮掩
就在那山峦的中央昏暗之处。
附近有一处涌泉,周遭环绿   125
满是茂密的植被,
厚厚的树叶和绿草作床。
它们不会让你感到屈辱,既深深隐藏又安详静谧
如果你沉思,你睡觉,围绕你
我觉得,山洞之于你犹如一处圣地。   130
来吧!你自己瞧瞧,不要说话,我在未来
对你没有用,我到底还适合谁?

恩培多克勒

你非常合适。

帕萨纳斯

我该如何做?

恩培多克勒

你太忠诚了,你这个傻孩子。

帕萨纳斯

你说到这个,但我不知道更聪明   135
正如这样,我由此而生。

恩培多克勒

你如何确定?

帕萨纳斯

究竟为什么不行?

你从前到底为什么？因为我
像孤儿，在缺乏英雄的岸边
替我寻找守护神，悲伤地迷路， 140
你，善人，把手递给我了？
什么原因带着没有迷失的眼睛，你
在你静静的轨道上，你珍贵的光线
在我的晨曦里，在我面前升起？
自从我是另一个人，你的 145
靠近你，更孤独地与你一道，
只有心灵在我这儿生长更快乐，更自由。

恩培多克勒
安静！

帕萨纳斯
　为什么？是什么？一句友好的话语
怎么能让你迷失，贵人？

恩培多克勒
走吧！跟上我，沉默，爱护我 150
别让我心激动——
你们成为短剑，回忆
不是为我而作？现在他们感到吃惊
走到我眼前，询问。
不！你没有责任——只有我可以，儿子！ 155
靠近我的，也许难以忍受。

帕萨纳斯

而且,我,你没有把我从你身上撞开?哦,想想你自己,
这是你,瞧我,交出,
什么东西我可以更少惦念,
一句好话再次出自我宽广的胸间。　　　　　　　　　　160

恩培多克勒

讲一讲,你喜欢何物,你自己,
对我来说,什么逝去,什么不是。

帕萨纳斯

我也许知道,你失去什么。
但是你和我,我们留下了。

恩培多克勒

最好跟我说说其他人,我儿!　　　　　　　　　　　　165

帕萨纳斯

不然我还有什么?

恩培多克勒

　　你也理解我吗?
走开!我告诉过你,告诉
你,你未加询问
便穿透我心灵,不漂亮
始终站在我一边,好像你知道　　　　　　　　　　　170
没有别的东西,你满怀可怜的恐惧。
你肯定知道,我不属于你

你也不属于我,你的路
也不是我的,在别处遭遇到
我指的东西,不是今天所有　　　　　　　　175
因为我的出生,已经确定。
仰望,敢不敢!所谓"一体"已破碎
爱情没有在其蓓蕾中死去
在自由的快乐中
单薄之树的生命四处分开。　　　　　　　　180
没有时间上的同盟保留,像其自身
我们必须告别,孩子,只有我的命运
阻止不了我,不迟疑。

哦,瞧!地球陶醉的画面闪耀,
神性之物,面对你,年轻人,　　　　　　　　185
沙沙作响,活动经过所有国家
更换、年轻、轻松,满怀虔敬的严肃
利索的轮舞,由此神灵、
尘世之人、老父亲、欢庆。
那时你离去,溜达没有狂喜,　　　　　　　　190
人性的,晚上想想我的。
但是安静的大厅适合我,我
在高处的宽敞大厅,
因为我需要宁静,特别慵懒。
为了尘世之人利索的游戏,　　　　　　　　195
我伸展四肢,我在那儿
满怀年轻的乐趣吟唱欢庆的歌曲,
轻柔地弹琴精疲力竭
我头顶上的旋律!一个玩笑!

我敢天真地模仿你们, 200
一种没有感觉轻声地在我身上回响,
难以理解——
我更严肃地倾听你们,你们的众神之声。

帕萨纳斯

我从不认识你,我只是
悲哀,你所说的,但一切都是一个谜。 205
我拥有的,我替你做的,
你那么忧虑我,诚如你喜欢。
你的心不可名状,还有一个
最后者出发,快乐与尽力。
这不是我希望,因为我们受到尊敬的人 210
惊恐地掠过人类的住所
共同变成狂野的夜晚,
而且那里,亲爱的,我不在那儿,
当相伴的眼泪,天上的雨水
落在你面庞上,观察 215
当你微笑着在正午的灼热太阳下
晾干这件粗糙的奴隶衣裳
在没有阴影的沙地上,你
有些时刻像用你的鲜血
画出一头受伤野兽的踪迹, 220
它在岩间小路上赤裸着脚掌奔跑。
哎哟!我离开我的屋子不是因为这些,
我承载了民族和父亲的诅咒,
你想要居住和安静,你把我像一只
使用过的容器扔掉。 225

你远走高飞？去哪儿？去哪儿？
我一道漫游，虽然我没有像你那样
运用自然之力站在舒适的联盟中，
如同对你，未来没有向我敞开，
但是在众神之夜，我的意念 230
快乐地振翅飞翔，不再害怕
更强势的目光。
是啊，我还是一名弱者，因为
我，因为我这么爱你，强大，像你。
在神圣的赫拉克勒斯[①]那里！你也升起， 235
为了下方的强力人物，
和解地搅扰巨人泰坦，
从山峰，进入没有地面的山谷。
你敢于进入深渊的圣地，
那里地球之心因为白天 240
耐心地隐蔽，黑暗的母亲
向你表述她的痛苦，哦，夜晚的你，
苍穹之子，我跟随你下去。

恩培多克勒

留下！

帕萨纳斯

你为何这么认为？

恩培多克勒

你把你交给了我，你是我的，别这么问！

---

① 赫拉克勒斯，古希腊神话中的英雄，宙斯与阿尔克墨涅之子，力大无穷。

帕萨纳斯

是啊! 245

恩培多克勒

你再跟我说一遍,儿子,
把你的鲜血与心灵永远交给我吗?

帕萨纳斯

仿佛我说过一句不受约束的话
在睡眠与清醒之间向你承诺?
难以置信,我说过,再重复一遍: 250
也就是这个,这个,从今天起不再是,
因为我的出生,已经决定。

恩培多克勒

我不是,这个我,帕萨纳斯,
我无法常年驻留
只是一缕微光,很快就将消逝 255
琴弦演奏中的一个声音——

帕萨纳斯

他们这样说大话
他们就这样共同消失在空气中!
回声友好地说起那些,
别长久地试探我,放开
你赏赐给我荣誉,我的! 260
我还不够痛苦,像你,在我心中?
你怎么还想侮辱我!

恩培多克勒

哦,牺牲一切的心!这给予
我太多的爱,失去金色的青春!
我!哦,观看大地与天空!看!还有　　　　　　265
还有你如此靠近,在其中的时光消逝,
让我遭遇到,你,我眼睛的欢乐,
还有,像往常,我抓住胳膊,
仿佛你是我的,你像我的战利品
美丽的梦再一次迷惑我。　　　　　　　　　　270
是啊!倘若胳膊攥胳膊,舍弃一人孤独
开心的一对伴侣日暮之时
进入坟墓的火焰,多么壮丽!
我喜欢接受我在这里所爱,
犹如他的源泉一道珍贵的洪流下泄,　　　　　275
在神圣的夜晚成为祭酒。
但是更好,我们走上我们的小道,
每个人,如同神决定他。
这点没有责任,不产生伤害。
廉价与正确,人的感官　　　　　　　　　　280
到处倾听。
然后——这个男人如果独处,他更轻松
更可靠地承担他的责任。
这样森林中的橡树生长,
无人知晓,那么它们比其他树木古老。　　　285

帕萨纳斯

诚如你所愿,我不反对。
你告诉我,真实是幸福与慈爱

你最后一句话廉价。
我就由此走开！将来不打扰你的安宁
你也觉得不错。 290
寂静不适合我的感官。

恩培多克勒

但是，亲爱的，你别生气？

帕萨纳斯

与你？与你？

恩培多克勒

到底发生了什么？是啊，你知道，去哪儿？

帕萨纳斯

请给我下令。

恩培多克勒

这是我最后的命令，
帕萨纳斯！统治结束了。 295

帕萨纳斯

父亲！给我建议！

恩培多克勒

有些事情
我应该告诉你，但是我对你沉默至今，
几乎发展成死亡的交谈

舌头永不愿意用作浮夸的言辞。
瞧！我的至亲！不同于以往，我会快速地更轻松　　　　300
更自由地深呼吸，如同高高的埃特纳山上的雪
在阳光照射下温暖，闪光，融化，
从山上流下，
欢乐彩虹女神伊利斯晃动在
耀眼亮丽下落的水波上　　　　305
这样从我的心上滚落，流淌
这样，时间在我身上堆砌，销声匿迹。
沉重的东西落下，落下，生命
亮丽地盛放，超越尘世的生命，在上方。
如今我勇敢地漫游，儿子，我给予和亲吻　　　　310
把希望印在你的额头，
那边意大利的山脉破晓，
罗马人的国度，行动的帝国，眨眼。
你将在那儿健康成长，那儿，
男子汉高兴地在战斗者的轨道上相遇，　　　　315
哦，英雄城邦那里！你，塔兰托！
你们友好的殿堂，我常常
陶醉于日光中与我的柏拉图行走。
这个年份对我们的少年常新
每天在神圣的学校开始。　　　　320
去拜访他，儿子，替我问候他，
他家乡河畔的这位老友
繁花似锦的伊利苏斯河河畔，他的住所。
如果你的心灵无法安宁，那么前往
询问他们，埃及的兄弟。　　　　325
那里你可以听到乌拉尼亚认真地弹琴

与音调的变换。
那里他们给你打开命运之书
走吧!别害怕!一切都会再次返回,
应该发生的,已经结束。 330

(帕萨纳斯离场)

第三场

马纳斯　恩培多克勒

马纳斯

现在!别犹豫!你不要考虑太久。
消逝!消逝!很快就会安静
明亮,幻觉!

恩培多克勒

什么?哪儿来?
你是谁?男子汉!

马纳斯

一个穷人,
出自这个部落,像你一样的尘世之人。 335
上天宠儿,上天的愤怒,
应该提及这位没有空闲的神。

恩培多克勒

哈!你认识此人?

马纳斯

  在遥远的尼罗河
我告诉过你一些。

恩培多克勒

  是你吗？你在这里？   340
毫不奇怪！自从面对生者我已死去，
死者对我已然复活。

马纳斯

死者不会说话，你到哪里问他们。
但是如果你需要一句话，仔细听。

恩培多克勒

你呼唤我的声音，我仔细倾听。 345

马纳斯

就这样与你交谈？

恩培多克勒

  谈话到底是什么内容？异乡人！

马纳斯

是啊！我在此是异乡人，在孩子们中间，
这是你们所有希腊人。我早已
说过。但是你不想告诉我，
你在民众中处境如何？ 350

恩培多克勒

你想提醒我什么？你再次向我呼唤什么？
我应该像本来那样。

马纳斯

    我也知道
早就预知，我提醒过你。

恩培多克勒

正是！你还在阻止什么？你用
神的火焰威胁我，神我熟悉　　　　　　　355
我乐于效力游戏，
你这个盲人，赋予我神圣的权力。

马纳斯

你不得不遇到的东西，我无法改变。

恩培多克勒

所以你到这里来瞧瞧，情况如何？

马纳斯

别开玩笑，敬重你的节日　　　　　　　　360
给你头上佩戴花环，做好装饰，
祭祀的牲畜，并非徒劳地落下，
死亡，突然，就要开始。
你知道这点，无知者
你的同类，之前决定。　　　　　　　　　365
你想要这样，就这样！但是你不该

不假思索，如同你自己，往下。
我有一句话，值得思考，狂热之人！
只是一个人的权利，在这个时代
你黑色的罪孽只授予一个贵族。　　　　　　　370
一个比我更伟大之人，如同葡萄藤
由天与地所生，当他们畅饮，
从高高的太阳，从深色的土地上升，
他这般生长，由光线与夜晚中诞生。
围绕它世界在酿造，某些只是　　　　　　　　375
运动和腐烂在尘世之人的胸中，
根本上骚动。
时间的主人，为他的统治而担忧，
端坐在愤怒上，阴郁地注视
他的白天熄灭，他的闪电照耀，　　　　　　　380
上方闪亮的一切，仅仅是点燃，
下方努力的，狂野的纷争。
一个人，新救世主平静地
串起天上的光束，他爱恋地
拿起行将死去之物，放在胸口，　　　　　　　385
在他心中世界的争执将会缓和。
人类与众神他得以调解
他们又再度贴近生活，一如往昔。
而且当他出现，儿子
不及父母伟大，　　　　　　　　　　　　　　390
神圣的生命精神没有得到束缚，
忘记他，唯一之人，
这样他避开，他时代的偶像，
折断，他自己，借助他纯净的手

必要的事情在纯净者身上发生 395
他自己的幸运,他感觉非常快乐,
交出,他拥有的一切,要素,
颂扬他,再次让他悔过自新。
你就是这个男子?同一个人?你是这个人?

恩培多克勒
从无法捉摸的言辞中我认出你,你 400
你这位无所不知者,你也认出了我。

马纳斯
哦,说吧!你是谁? 我是谁?

恩培多克勒
你还在、总在诱惑我,来,
我的恶灵,这个时刻到我这儿?
为什么你不让我安静地走开,男子? 405
你敢对付我,刺激我,
我在神圣的小道上愤怒地逡巡?
我小时候,我不知道,我是什么
眼睛周围的东西,陌生地在白天活动,
惊奇地包围我 410
这个世界的伟大形象,友好者,
我胸中没有经验,瞌睡的心。
我惊奇常常听到水在流淌
看见太阳活跃,在他们那儿
点亮安静的地球,青年的节日。 415
那时在我这儿变成歌吟,

我朦胧的心在密集的祈祷中明亮，
如果我这个外来客，当下的人，
自然众神用名字称呼
我的精神用言语，在图像中 420
在极乐的图像中解开生活之谜。
所以我静静地成长，其他的
已经准备。因为野蛮的人潮
像水流那样更强有力
冲击我的胸膛，从喧闹之中 425
穷人的声音传入我耳鼓。
当我在前厅里沉默，
午夜时分喧闹发出哀怨，
冲过原野，生命疲倦
用自己的手砸碎他自己的家园。 430
还有这座遭到毁坏的孤寂神殿，
亲兄弟逃离，至爱者
急匆匆走散，还有父亲
认不出儿子，人类的语言
不再明白，人类的法律。 435
那时解释打着寒战抓住我：
这是我们民族终结之神！
我听到他，我仰望沉默的星辰
它出现的地方。
我前去与它和解。还有 440
美妙的日子对我们意味深长。似乎
结束时再现青春。消逝，
铭记金色的时代，所有的信赖者
强有力的明亮早晨，

我感觉到的烦闷，民族极度的烦闷　　　　　　　　　445
我们用自由而坚固的纽带联结，
活生生的众神呼吁。
但是常常，当人民的感谢为我戴上花环
当人民的心灵前来
愈来愈近地靠近我，我孤独一人，　　　　　　　　　450
我想起，当一个国家消失之际，
神灵最后选择一位，借助他的
天鹅之歌，唱出最后的生命。
我也许惩罚，但是我愿意服侍他。
已经发生了。我现在绝不再　　　　　　　　　　　　455
属于尘世之人。哦，我的时代终结！
哦，神灵，教育过我们，你秘密地
在明亮的白天和云端统治，
你或者光芒！你，你，地球母亲！
我在这里，安静，因为我在等待　　　　　　　　　　460
最久准备的，新的时辰。
现在不在图像里，不，如同往常，
在尘世之人当中，在短暂的快乐里，我发现。
在死亡中我发现鲜活的生命。
今天我遇到他，因为今天　　　　　　　　　　　　　465
他准备好了，时间的主人，参加庆典
作为标志一场争吵我与自身。
你熟悉周围的寂静吗？你熟悉
无法小睡的神沉默吗？我在这里等候！
子夜时分他替我们完成，　　　　　　　　　　　　　470
而且如果，正如你所说，你是雷神信赖者
一种观念与他

你的神灵与他，熟悉小路，变迁。
这样与我一道来，如果这样，
地球的心脏抱怨孤独，铭记 475
古老的统一，捉摸不透的母亲
向天空伸展热情似火的臂膀
统治者将以其光束降临，
然后我们跟随在后面，作为象征，
我们与之亲近，往下进入神圣的火焰。 480
但是如果愿意在远处待着，对于你，
你还有什么不能赐予我？如果你
还没有决定对待这些财富，那你要
取走什么，妨碍我？哦，你们，你们这些天才，
你们，那时我开始，我就近地等待， 485
你们，远处的规划者！我感谢你们，你们给予我
苦难的长串数字在此终结，
摆脱其他的义务
在自由的死亡中，按照神性的法律！
对你而言是禁果！放下吧，走掉， 490
你无法跟随我，别做准备！

马纳斯
痛苦点燃了你精神，可怜人。

恩培多克勒
你为何不治愈它，无用者？

马纳斯
到底与我们是怎样的情况？你肯定看到了？

恩培多克勒
这个你对我说了,你看到了一切! 495

马纳斯
让我们安静一下,哦,儿子,总在学习。

恩培多克勒
你教我,今天我从你这里学习。

马纳斯
你没有把全部告诉我?

恩培多克勒
哦,不!

马纳斯
你就这样走开?

恩培多克勒
哦,我还不能走,老翁!
从这个美好的绿色地球 500
我的眼睛不该毫无快乐地挪开。
我需要思考过去的时光,
还有我年轻时的朋友,这些珍贵的人们,
远在希腊快乐的城邦
还有兄弟,他咒骂过我,现在必须 505
如此。让我坐着,当那里白天
降临,你将再次看到我。

结尾合唱

第一幕

(草稿)

新世界

  高悬,一道坚硬的拱顶   5
我们头顶上天空,诅咒麻痹
人类的四肢,是地球强力的、高兴的
馈赠,如同秕糠,
嘲讽我们,用他们的礼物,母亲
所有的东西是表象——   10
哦,何时,何时
  她打开
  沙漠上的洪流。

但是他在哪里?
  他向生动活泼的神灵发誓。   15

悲剧的计划和理论

法兰克福计划

恩培多克勒之死

五幕悲剧

第一幕

恩培多克勒，因其气质和哲学早与文化的仇恨协调，蔑视所有特定的交易及按照不同对象确定的利益，所有个人的死敌，因此在真正美好的关系中他不满意、不稳定、受折磨，仅仅因为这些是特殊的关系，只在与所有的生机勃勃的人大范围的和解中，才让他感到实现，仅仅因为他对普遍存在的心不亲密，像一个神，自由和伸展，像一个神，在其中可以生活和爱恋，仅仅因为他，只有他的心和思想包含了现存的事务，与合法继承权的法律相关——

恩培多克勒认为阿格里真托人的节日令人十分不快，而他妻子非常希望受到这些影响，好心好意地劝说他参与，有些敏感和挖苦地责难，因为不快和家庭的不和睦，跟踪他神秘的偏好，离开城市和家乡，前往埃特纳火山附近一个偏僻的场所。

第一场

恩培多克勒的几名学生和百姓。前者想要促使后者进入恩培多克勒的学校。恩培多克勒的一名学生,也是他的宠儿,走过来,指点他们,竭力劝诱他人改变信仰,叫他们走开,因为老师此时正坐在他的花园里凝神思考。

第二场

恩培多克勒的独白,
向大自然祈祷。

第三场

恩培多克勒与妻子和孩子们。
妻子温柔地抱怨恩培多克勒的坏情绪。恩培多克勒表示由衷的歉意。妻子请求参加大型节日,或许可以开心。

第四场

阿格里真托人的节日,恩培多克勒的不快。

第五场

家庭的纷争。恩培多克勒没有说出他的意图,他要去哪儿。

第二幕

恩培多克勒的学生前往埃特纳山区看望他,首先来访的是他的宠儿,确实鼓动他,几乎打消了他内心的孤独,然后是其他学生，让他满怀愤怒地重新对抗人类的贫乏，使他与他们所有人庄重地告别，最后还建议他的宠儿离开他。

第一场
独白。恩培多克勒对大自然表示明确的虔敬。

第二场
恩培多克勒与宠儿。

第三场
恩培多克勒与他的学生们。

第四场
恩培多克勒与宠儿。

第三幕

恩培多克勒的妻子和他的孩子们前往埃特纳山区看望他。妻子表达了她温柔的请求，补充了消息，同一天阿格里真托人为他建造了一尊塑像。带给他与事实相关的唯一纽带，荣誉与爱情。他的学生满心欢喜地走入他的房子。宠儿热烈拥抱他。他观看自己的塑像竖立起来。公开地向为他鼓掌的民众表示感谢。

第四幕

嫉妒他的人从他的几名学生那儿了解到,他在埃特纳山区针对民众发表了强硬的演说。嫉妒者利用这些,煽动民众反对他,这些人确实推倒了他的塑像,把他逐出这座城市。现在他决定在曙光初现时,自愿寻死,与无限的大自然融为一体。他打算与他的妻儿进行第二次深沉又痛苦的告别,再次前往埃特纳。他避开他年轻的朋友,因为他相信此人,他不想估计错误,他借此安抚他的妻子,但是此人想要惩罚他本来的愿望。

第五幕

恩培多克勒为他的死做准备。促使他做出决定的偶然机会,现在被他完全略去,他视它为一种必要,一种由他内心本质追踪的结果。在这些他有时与当地居民共处的小场面中,他发现他的思维方式和决定的证明。他的宠儿也来了,谴责了真实,但是在他老师的情绪中被精神和伟大的运动克服,他听从同一位盲目者的命令,走开。没过多久,恩培多克勒冲向火光冲天的埃特纳火山。他的宠儿,忧心忡忡地四处乱走,很快发现了老师的铁鞋,火山喷发物把它们从深渊中抛出,他认了出来,展示给恩培多克勒的家人和民众的追随者。民众与宠儿聚集在火山边,承受着痛苦,欢庆这位伟大人物的死亡。

恩培多克勒的基础

(又名:《论悲剧性》)

悲剧性颂歌始于至高之火,纯粹的精神,纯粹的真挚超越了其界限,颂歌拥有这种生命的联系,联系必定,并且反正倾向于接触,经过全然真挚的情绪过度地倾向于此,意识、沉思或者身体的感官保持不够适度,由于真挚过度而产生纷争,悲剧性颂歌立即开始虚构这个纷争,以表现纯粹。随后,颂歌继续通过一出自然的(剧)幕,从区别和苦难的极端进入纯粹的、超感官的无区别的极端,超感官似乎识别不了苦难,颂歌由那里落入纯粹的感官,一种更朴素的真挚中,因为最初的更高级、更神性、更大胆的真挚让颂歌以极端的方式呈现,但是颂歌无法再落入那些过度的真挚等级中,颂歌伴随着极端从其起始音调出发,因为它立刻了解到,应该前往何方。颂歌必须从区别和无区别的极端过渡到那种安静的深思和感觉中,在那里一种更费力的谨慎的斗争确实是必要的,也就是其起始音调和自身特点感觉到对立,必须过渡其中,如果颂歌在这种简朴中没有以悲剧结束,但是因为颂歌感觉到它是对立,那么这两种对立的融合是理想化的,更纯粹地出现,起始音调以特殊的方式再度被找到，颂歌由此再次出发，经过一种更适度的，自由的反省或者更可靠的、自由的（反省）感觉（就是说来自异类的经验和认知）返回起始音调。

一般的理由

这是最深沉的真挚，用悲剧性、戏剧性的诗歌表现。悲剧性颂歌表现了这种最积极的区分中的真挚，在真正的对立中，但是这些对立更多是在形式上的，并作为感觉的直接语言而存在。悲剧性诗歌还遮盖了表演的真挚，以更强烈的区别表现出来，因为表达了一种更深沉的真挚，一种更没有边际的神性。这种感受不再直接表达，也不再是诗人和他的经验，出现的东西，每首诗，也就是这种来自诗性生活和现实的悲剧性诗歌，必须由诗人自己的世界和灵魂产生，不然到处都缺乏实足的真实，完全没有东西可以理解和令人兴奋，如果我们无法将这种自身的情绪和自己的经验过渡到一种陌生的、类似的材料中。在悲剧性和戏剧性诗歌中神性也这样表达，诗人在他的世界感受和体验到这些要点，悲剧性、戏剧性的诗歌对他来说如同一幅生气勃勃的人物画，过去和现在都能清晰地回忆起他生活中的这些要素；但是这幅真挚的图画如何到处否认和不得不否认这个程度的原因，如何不得不到处接近这个符号，真挚越无边无际，难以描绘，越靠近这种逆天悖理，那么这幅图像对人来说就越严格，越冷淡，他感受到必须加以区分，为了在他的边界确认这种感受，为了让这幅画能够更少地直接说出这种感受，必须根据作为材料的形式予以否定，材料必须是一种它的更有独创性的陌生的比喻和事例，形式必须承担对抗和分离的特征。一个其他的世界,陌生的事件,陌生的性格,但是如同每种更有独创性的比喻,基本材料更密切配合,仅仅在外形上是异类的,因为这种与材料直接密切的关系也许就是有特征的真挚,以图像为基础,看不见,因此他的冷僻、他的陌生形象是无法解释的。这种陌生的形象必须更生机勃勃,它越陌生,诗歌这种显性的材料越少以这种材料为基础,与诗人气质和世界形同,神灵,神性允许更少,犹如诗人在他的世界所感受到的,在这种人为的陌生材料中否认。但是在陌生的人为的材料中,与通过一种更大程度的区别相比,真挚和神性允许和能够不说出别的东西,充当基础的感受越亲密。因此1)悲剧按照其材料与形式是戏剧性的,就是说a)包括一种与诗人选择的,与自己气质和世界不同的、更陌生的第三方材料,因为他发现了足够多的类似材料,为了把他的全部感受带入其中,为在其中,如同在一只容器中保存这些感受,为了更可靠,这些材料在类比中越陌生,最内在的感受经历了相同等级的短暂性,在此等级上它不否认真正的时间的和感觉的关系(如果真挚在那里自身少许深刻,也就更容易保持,能够否认身体与理智的关系,所以也是抒情的法则)。悲剧性的诗人正好否认那些,因为他表达了最深沉的真挚,他的个性,他全部的主体,还有他眼前的对象,他将它们过渡到陌生的个性、陌生的客体中(甚至在那里成为基础的全部感情大多暴露出来),在赋予戏剧基调的主要人物上,在主要情节上,戏剧的客体即命运最清晰地说出了其秘密,同质的形象相对于其主人公来说大多得以表现(同时最强烈地感动了他),自身的和糟糕的成功,是情绪上错误的尝试导致纯粹的内在真挚所拥有,不再通过导向性的自觉,通过一种全新的合理又不合理的尝试来处理,而是由他者友好地实施,走上这条路,只是站在更高或者更低一级,致使这种通过错误的改进尝试反对的情绪不是只受到自己的自觉干扰，而是通过一种陌生且错误的自觉友善轮换，被调整成一种猛烈的反应。

恩培多克勒的理由

　　自然与艺术在纯粹的生活中只是和谐地对抗。艺术是花朵，自然的完成之物，自然通过与不同种类而又和谐的艺术相关联才具有神性，如果每个是整体，可能是它，一个与另一个相关联，取代另一个的缺陷，那么肯定有必要，为了成为整体，作为特殊之物，那么完成之物就摆那儿，这种神性之物处于两者中间。这位更有机的人造的人是自然的花朵，无机的[①]的自然，如果它纯粹被纯粹有机的、纯粹以他的方式形成的人所感觉，赋予他完成之物的感觉。但是这种生命只在感觉中，并非为了认知而存在。如果可以被识别，那么肯定就要显露出来，在真挚的过渡中，对抗者交替，分离之处，有机之物，托付于自然，忘记其本质和意识，进入这种自觉、艺术和反省的极端中，相反，自然至少在其对反省中的人的作用中，向无法理解的、难以感觉的、没有界限的无机的极端过渡，直到经过对立的交互作用而离去，两者像最初相遇那样开始形成一致，自然只有通过受到教育和培养的人才能变得更有机，特别是教育本能和教育力量，相反人则变得更淡泊，通常更无止境。这

---

① 无机的、无生命的：aorgisch, anorgisch, anorganisch，与有机的、有生命的（organisch）相对，此概念出自施瓦本虔信派和浪漫派的充满活力和生命力的自然图景，荷尔德林在此阐释为出于"必要的交互作用"之中的对比或对立物。"有机"并不是指自然的有机体，精神与艺术组织的和反射的东西，"无机"不是没有生命之物，而是自然的无意识，失语和缺乏教养及瓦解（紊乱）。

种感觉也许属于最高的感觉之物，如果两者对抗，这位普遍化的、精神的、生机勃勃的、人造的，纯粹无机的人与自然的美好形态相遇。这种感觉也许属于最高级的人能够体验到的，因为眼下的和谐提醒他回忆过去的颠倒的纯粹关系，他双重感觉到自己和自然，而且这种关联更没有尽头。

死亡，作为个体的战斗，处于中心位置，即此刻，这个有机的我变成了他的自我，他特殊的存在，变成了极端；这种无机之物不像开始那样以理想化的混合体，而是以现实最高的战斗摆脱他的普遍性，同时这种针对他的极端特殊之物与无机的极端总是得出一般性结论，始终得从其中心挣脱，这种无机之物对抗特别集中的极端，愈来愈赢得一个中心，必须成为最特殊的东西，这种无机变成有机之物自己好像能够再次找到，好像能返回自身，在维持无机体的个性时，客体，这个无机体好像可以找到自身，在同一时刻，个体表现，同时在无机体的最极端上找到有机体，致使此刻，在最高的仇恨诞生中，好像最高的妥协是真实的。但是此刻的个体只是最高争端的产物，其普遍性只是最高争端的产物，好比妥协，而且有机体再次谋求它的方式，无机体于此刻再度谋求它的方式，为了有机体的印象，此刻包含有机体逃脱的个体会再次更无机，为了无机体的印象，此刻包含有机体逃脱的普遍性更特殊，致使这个统一时刻像幻觉不停地消解，使之无机地对有机体作出反应，与此不断远离，但是由此，通过他的死亡，他从中得出战斗性的极端，与他生活中相比，更漂亮地妥协和联合在合并而不是在个体之中，因而过于真挚，神明不再感性地显现，合并之幸福的欺骗在同样的级别中停止，它太密切，太孤独，致使两个极端，其中一个有机的，通过正消失的时刻惊恐地后退，由此提升到一个更纯粹的普遍性中，无机体此刻过渡到这些，为了有机体必须成为一个安静的观察对象，消逝时刻的真挚如今更普通，更持久，更可区分，更清晰地显现。

所以恩培多克勒是他的天空、他的时代、他祖国的儿子，一个自然和艺术强烈对抗之子，其中世界在他眼前浮现。一个人，那种对立如此密切地统一，在他身上成为一体，它抛弃和翻转了其最初的区别性的形式，这个，在他的世界，被视为更主观，更多地以特殊形式存在，这种区别、思考、比较、教育、组织和组织化，在他身上更客观，使他尽可能强烈地被提名，更具区别、思考、可比性、教育性，被组织性和组织性，如果他在自身更少，他更少有意识，那么在他那儿，这就是无语的语言，在他那儿和为了他赢得了这种普遍性的、更无意识、有意识和特殊的形式，反之这些在他的世界中，他者那里视为更客观的东西，以一般形式存在，没有致谢的，无法比较的，无法教育的，无组织的，瓦解的，在他那里，为了他更主观，致使他在无法区别的，无法区别下意识的作用中，更无法比较，无法教育，淡泊和瓦解，如果他更多地在于自身，只要他更多地有意识，那么在他那儿和为了他，这种言说无法描述或者不能够描述的，在他那儿和为了他，特殊的和有意识之物表现出无意识和普遍形式，那么这两种对立在他身上变成一体，因为它们在他身上把它们可以区别的形式翻转过来，与它们在最初感觉上的不同相比，尽可能远地合并。

一个这样的人只能从自然和艺术的最高对抗中长成，而且如同（理想化的）真挚过度由真挚产生，这种真正的真挚过度由敌意和最高的争端产生，同时这种无机体因此仅仅呈现了特别的朴素形象，好像与过度的有机体达成和解，因此有机体只是呈现普遍之物朴素的形象，似乎与过度无机和过度生机勃勃之物达成和解，因为两者在最高的极端，渗透与触动最深刻，

Der Tod des Empedokles

就此形象必须以其外在的形式呈现对抗者的表象。

那么恩培多克勒，正如前面所述，是他时代的结果，而且他的个性对此拒绝，正如他由此产生。他的命运在他身上显现，当一种瞬间的合并，但它必须消解，为了更多地产生。

他似乎经过一切诞生成为诗人，似乎在他自己主体行动的自然中具有那些普遍化的不同寻常的趋势，在其他条件下或者通过他们过于强大的影响的理解与回避，趋向那种完美的平静观察和意识的普遍明确，为此诗人看到一个整体，同样在他客体的自然中，在他的消极状态中，放置那些快乐的才能，它们没有故意和蓄意的整理、思考、教育，倾向于整理、思考和教育，那些感官与情绪的适应性，在他整体的生活中轻易和迅速地接受所有这一切，比起命令实施更多谈论到人为的行动。但是这种气质不该在它们固有的范围内起作用和保留，他不应该以他的方式与尺度，以他固有的局限性和纯粹性，发挥作用，这种兴致通过同样兴致的任意表达成为更普遍的兴致，同时也是他民众的使命，他时代的命运，他其中长大的强力极端，没有要求歌唱，纯粹处于一种理想的表述中，命运的和原始形象之间的地方，还容易再度解释，如果时代没有与之相距太过遥远；他时代的命运不要求本来的行为，虽然没有直接起作用和帮助，但也是更片面的，越多，它就越少暴露整体人，要求一种牺牲，整体人，变得真实和可见，其中他的时代命运似乎能够消解，那里极端似乎真正和可见地合并为一体，但是同样过于真挚地合并，在一个理想的行动中个体因此沉沦和肯定沉没，因为在他身上有紧迫与真挚提前产生的合并显现，哪些东西消解命运的问题，但是这个从来不可见的和个性化的消解，不然个体中的普通性或许消失（比所有命运伟大的运动更糟糕，单独是不可能的），一个世界的生命也许在细节上死亡；那时反之，如果这种细节，充当命运提前的结果，消解，因为太真挚，真实、清晰可见，命运的问题虽然在物质上按照同样的方式消解，但在形式上是别样的，当真挚的过度，这种由快乐产生的最初，只是理想的，作为尝试出现过的，通过最高的争端的过度真正地形成，只要，同样，在这种级别上力量与工具真正扬弃，其中真挚的最初的过度，所有争端的原因得到扬弃，真挚的过度的力量真正丧失，留下一种更成熟的、纯粹的、普遍的真挚。

因此，恩培多克勒应该成为他那个时代的牺牲品，他成长中的命运问题，表面上应该在他身上解答，而且这种答案应该作为表面的，临时的（答案）显现，如果或多或少在所有悲剧性人物身上那样，所有在他们的性格和意见上或多或少尝试要解答的命运问题，所有这方面，在一定程度上扬弃，在那些方面它们不再普遍有效，如果不是别的他们的作用自动地把他们的性格与意见作为某些短暂的，瞬间的东西展示，致使这位表面上最彻底解开命运的人，多半在他的过往和他尝试的进步中最突出地表现为牺牲品。

如同眼下恩培多克勒这种情况？

命运、艺术与自然的对立越强烈，越多地处在其中，越多地变成个性化，赢得一个固定的支点，一个依靠。这样的时代如此长久地激励所有个体，要求他给出答案，直到他找到一个答案，其中陌生的需求和秘密的趋势清晰可见和成功显示，由此出发，找到的谜底必须过渡到一般之物。

所以他的时代在恩培多克勒身上得到个性化，而且在他身上愈个性化，谜语在他身上就愈耀眼、真实、清晰、显现地被解开，他的转向就愈有必要。

1）他的民众的生动，全部尝试的艺术精神在身上必须更淡泊、大胆，无限地创造性重复，如同来自另一侧，灼热的天光和茂盛的西西里自然不得不为了他和在他身上更感性和言说地展示，而且倘若他有一回两侧受到袭击，那么一侧始终必须是他本质行动的力量，另一侧充当反作用力而增强，正如从他情绪的敏感部分出发艺术精神必须靠近，继续浮动。——

2）在他的超越政治的，始终要求权利和自私自利的阿格里真托人当中，在他的城市的继续追求的、始终不断更新的形式之中，一种精神，如同他的精神，始终追求一种完备的整体臆想，只是过度成为改革家的精神，如同无政府主义的自由，在那里每个人遵循其独创性，而不担心他者的怪癖，必须使他比他充裕、自足的自然和生机上的他者更不合群，更孤单、更自负和古怪，而且他性格的两面性一定要交替出现和夸大。

3）一种自由思想的胆识，愈来愈多与人类意识和行为之外的陌生人对抗，人们就会最初更热忱地在与那个人的感觉中找到一致，被自然的本能所驱使，在沉思和彻底的放弃面前，反对要素太强大，太深刻的影响，自由思想的胆识，这种陌生人消极的发牢骚不思考，对于放纵的民众是如此自然，对于恩培多克勒，没有情况会被否定，为了继续走一步，他必须寻求成为陌生人的师傅，他必须对他的（师傅）保证，他的精神必须追求顺从，他应当抓住这种令人倾倒的自然，能够完全理解，必须寻求意识到他的，可能确实如此，他必须与他们一道争夺身份，所以他的精神必须在最高意义上呈现淡泊的形象，挣脱他自己和他的中心，始终如此过分地贯穿他的客体，使得他在其中，如同在深渊中迷失，在那里反之他的对象的全部生命抓住这种精神无边界的活动，抛弃的，仅仅更无限接受的情绪，在他那儿成为个性，给予他特点，而且这些在同样程度上，与他精神上热衷于客体相比，更普遍地协调，所以他身上的客体以主体形象出现，正如他所接受的客体的客体形象。他是普遍、陌生、特殊的客体。而且似乎这种形成中的人的特点和无意识的自然之艺术、思考、秩序的冲突得到了解决，在最高的极端成为一体，直到结合出互相区分形式的交换。这就是魔力，恩培多克勒以此在他的世界出现。那些越是强有力地控制自由思想的同代人连带其权利和魅力，越是无法辨认地从它们之中抽象化，它们包括他们所有的旋律在这些人的精神和嘴巴上出现，如此真挚、热情、个人，犹如他的心是他们的，人类形象之中自然力的精神居住在逝者之中。这些给予他的优美，他的可怕，他的神圣，所有的心脏，命运的风暴推动它们，神灵，在谜一样的时代夜晚不安定，没有梯子偶尔弄错，飞向他，他越人道，就贴近参与他们特有的本质，他越多地伴随这个灵魂，把他们的事物变成自己的，他在其众神形象出现之后，现在又以他们自己的方式把它们复述出来，他更多是受崇拜者。他这种性格的基本色调在其所有的关系中显示，他们接受他的一切。他就这样生活在他最高的独立中，在其中关系，没有更客观的，历史的关系，给他预先规定其进程，使得外部状况，引导他走同一条路，它们是如此的基础和不可缺少，为了显现和行动，也许只有想法留在他那儿，因此，尽管各种争执，其中他好像应该以后能与他们相处，但是与他最自由的心情和心灵相遇，因此也不是奇迹，因为这种情绪也是这些状况最内在的精神，因为所有的极端在这些情况下由这种精神出发，再次返回他自身。在他独立的关系中，他时代的命运在首个和最后问题上解决。如同这种表面的答案由此出发再次开始扬弃，因而终结。

他生活在这种独立关系之中，在那些造成他性格基调的最高真挚中，连带要素，然而围绕他的世界在此正好生活在他最高的对象之中，在那些自由思想的不思考中，由一方面，另一面不承认生活者，在最高的顺从中对抗自然的影响。这层关系，他 1) 完全的，作为感觉中的人；2) 作为哲学家和诗人；

3）作为照料花园的孤独者。但是假如他不是戏剧人物，他就不必把命运置于普通关系中，通过他独立的个性，将其置于特殊的关系之中，在特别的诱因和任务中解决。但是在如此亲密的关系中，正如他与元素的生活者相处，他也与民众相处。他无法胜任消极的、暴力的、革新的人物，此人对抗固执、混乱的生活，这种生活无法容忍影响、艺术，只是通过对立而努力，他得继续走一步，他必须，为了排列生活者，与连带他最内在的本性尽力把握，他必须伴随他的人类要素的精神，所有倾向和本能，他必须寻求让他们的灵魂、不可理解之物、无意识、不自觉在他们内心强大起来，同时他的意志必须是他的意识，他的精神，在其中他跨越知识和影响的一般的和人类的界限，自我丧失，成为客体，而且他要给出的，他一定能找到，因为相反这种客观之物越纯粹、越深深地在他心中回响，他的情绪越公开表现，精神活动者沉醉其中，这些特殊之物如同通常之物。

所以他身为宗教改革家、政治人物，在所有行为中，他为了他们的意志对他们所做的一切，伴随着这些骄傲的、狂热的顺从，按照现象，通过这种客体与主体的置换表达，所有的命运得到解决。但是这种表达存在于何处呢？哪些是在一种这样的关系中满足这些首先难以置信的部分？所有一切都基于这样的表达；因为，由此联盟肯定垮台，因为它显得太显而易见和感性，而且只能如此，以某种最确定的要点和情况表现。他们必须是联盟，在他们与男人之间，他们如何能这样呢？由此，他在外表上服从他们？但是，哪里？在一个点上，他们通过极端的联盟，他们在其中生活，最为可疑。如果这种极端存在于艺术和自然的纷争之中，那么他必须让自然处于其中，自然是最无法实现的艺术，在他们的眼前对艺术妥协。由此寓言开始了。他抱着爱与反感①，作出检验，现在他们相信一切都完成了。他在其中认出了他们。诓骗，他生活在其中，似乎他与他们是一体之物，终止了。他退场，而且他们对他冷淡下来。他的对手利用了这点，驱逐产生了效果。他的对手，高大且有自然气质，如同恩培多克勒，寻求以其他的、消极的方式解决问题。为了英雄而生，他不仅倾向于整合极端之物，而且要抑制它们，而且要把它们的相互作用与一种留存的和固定的东西相关联，在他们之间提出来，每种东西都在其界限保持，同时每种东西做成自己的。他的品德是理解，他的女神是必要的。他是自己的命运，只是伴随着不同，他身上抗争的力量与一种意识，一个分离点密切相关，他清晰和准确地面对把握它们，把它们固定在一种（消极的）理想上，赋予他们一个方向。正如艺术与自然，对恩培多克勒而言，在抗争的极端中统一，工作着的事物过度客观化，失去的主体性被客体的深度影响所取代；所以艺术和自然在其对手那儿得到统一，使得客体性过度，并且脱离自身，现实性（在这类气候，这类激情的混乱和特性的交替中，在这些陌生人霸道的恐惧中）对一种大胆的、公开的情绪，行动者和造型者的位置必须代表，因为相反，主体更多赢得了忍耐、毅力、强度、安全的被动形象，如果极端要么通过同样耐力的完备，要么通过外部，接受了安静的和器官的形象，所以主体是有机之物，必须成为要素，主体和客体混淆了其形象，而且从一变成了一。

---

① 因为害怕变得积极，必定是他最大的自然方式，因为这种感觉，他越真实地表达这种真挚，也就越确定地没落。——作者注

第三稿计划

埃特纳

1.

恩培多克勒

2.

恩培多克勒　帕萨纳斯

　　　　　　　告别

3.

恩培多克勒白头翁

讲述他的故事

　　圣贤。我害怕这个众神属意的人，

我出生的时刻你因何而怒，
又怒对教养我的元素
　　　　　恩培多克勒走开。
哦，学着去领会这条条道路，我这样走过，

　　帕萨纳斯。对手。此人优秀，为了拥有他尝试的开始，在民众与恩培多克勒崩溃之后局势未定，当然通过他卓越的怨恨诱导夸张的步伐，说服民众对他放逐；眼下民众好像惦念他，他缺乏最大的对象，他情愿被当作低级，留在自己身边，也可以作为维系他与恩培多克勒的纽带，这种最初的，不同寻常的气质感觉，而且一种两方面悲剧性的使命让他真正后悔；他在民众对恩培多克勒放逐表达的第一声不满中建议，唤他回来。不许再发生什么事，他说，不是白天也不是黑夜。在骄傲的男子尝试尘世之人的命运时，他想再次生活。帕萨纳斯

   白头翁，国王
白头翁。
理想化地反映。

国王英雄般地反映。

信使。
白头翁。
  国王请求他兄弟帕萨纳斯
国王克服，赞同。
但是他不想讨论太多，不想成为他与他兄弟之间的调解人。老人应该离开。
    现在走开，我不需要调解人。
这个人也走开。
国王的独白。命运之子欢欣鼓舞。
   恩培多克勒与国王

    恩培多克勒

　　　　我的是这个地区——

让疯狂者帕萨纳斯——
　　聪明人
　　　　恩培多克勒
但是一位母亲给我们哺乳。
　　国王
　　　　多久？
　　恩培多克勒
谁喜欢计算年代——但是

　　　　过渡
　　　由主体到客体
　　那时国王想要离开，一位信使遇到他，此人向走近的民众宣布。他在激动之中说到幸福满满的歌曲，然后愤怒地向我们下令，武装者应该隐蔽，等待他发出的第一个信号。最后告诉他帕萨纳斯和妹妹的到达。
　　　　妹妹，帕萨纳斯
妹妹天真　理想化
她寻找恩培多克勒
帕萨纳斯
　　　　恩培多克勒
　　　天真　理想化
妹妹问国王
两人想要和解
说起民众。
请求恩培多克勒返回
　　伤口　遗忘

恩培多克勒

　　英雄般，理想的

一切都要得到宽恕。

　　帕萨纳斯看到民众的使者靠近，妹妹害怕出门。有歧义的人群，恩培多克勒与这个和另一个兄弟的争执，与他们，似乎两个兄弟间的争执也开始。

　　恩培多克勒

保持安静，安慰他们，他说应该是今天晚上，刮起凉风，友好地从苍穹的高处吹下来，那里太阳神唱起夜曲，他的古琴充满美妙的乐音！

民众的使者

　　他们以其最真实的面目与他相遇，正如他自己观察他们，他们如何映照在他身上，完全围绕他，其死亡是他的爱、他的真挚，如此牢固与自身相连。如同他往常那样，但是他们连带他们的灵魂越靠近他，他越多地在他们身上看到自己，他在这种意念中越来越强大，在他身上意念起支配作用。

第三稿后续设计

歌队，未来

第二幕

第一场
帕萨纳斯　潘忒娅

第二场
施塔拉托　随员

第三场
施塔拉托　独自一人

歌队？

第三幕

恩培多克勒，帕萨纳斯，潘忒娅，施塔拉托
　　马纳斯
　　施塔拉托的随从
　　阿格里真托人
　　歌队？

第四幕

第一场
抒情或者　恩培多克勒，帕萨纳斯，潘忒娅
叙事？
哀歌体　这里

第二场
这里 el.　　　　　恩培多克勒

第三场
抒情　起始　　马纳斯　恩培多克勒

第四场
起始　抒情　　　恩培多克勒

第五幕

马纳斯　帕萨纳斯　潘忒娅　施塔拉托
阿格里真托人　施塔拉托的随从

马纳斯，全知全能者，先知对恩培多克勒的演讲感到惊讶。瞧瞧，精神，他说是委任者，杀害和活跃，通过他让世界同时得到瓦解和新生，感觉到他的国家沉沦者，也可以预知他的新生活。农神节之后那天，他要向他们宣布什么是恩培多克勒的最后意志。

恩培多克勒[①]

你寻找着生命,寻找,
地下深处的神火将你喷涌与照耀,
在战栗的渴望之中
你纵身跃入埃特纳山的火苗。

这样融化于美酒,女王任性的
珍珠;正是她需要!只是你
无法拥有自己的王国,哦,诗人
进入酿造中的圣餐杯里供奉!

而我感到你神圣,犹如权力之于土地,
从你身上夺去,勇敢的被害者!
而且我想追随跳进深渊,
爱无法替英雄将我挽留。

[①] Hölderlin-Sämtliche Werke [M]. Hrsg. Friedrich Beissner, Stuttgart. J.G. Cottasche Buchhandlung Nachfolger, W. Kohlhammer Verlag 1961, Erster Band, Erster Teil: 240.